偏爱

夏七夕

著

Only♥
Love

2

湖南文艺出版社
HUNAN LITERATURE AND ART PUBLISHING HOUSE
博集天卷
CS·BOOKY

偏爱2

夏七夕 著

Only Love

Only ❤ Love

目录

CONTENTS

第一章 / 001
他在她的备忘录里

第二章 / 025
所以……现在是男同学，高中毕业
后是男朋友？

第三章 / 050
她说了算，你得学会尊重她的感受

第四章 / 068
衣服再好，不如关若嘴巧

第五章 / 087
我更希望她快乐

第六章 / 107

他同桌才是真正的校霸，他现在是校霸的打手小弟了

第七章 / 125

学生自有学生的江湖，并不比社会简单

第八章 / 146

我不允许任何人拆散他们三个！给我锁死！

第九章 / 166

为你，千千万万次

第十章 / 193

她想独立，而不是在别人家里像个惊慌失措的可怜虫

第一章

他在她的备忘录里

江夏虽然是重点高中，但自从这届校长上任以后，近年就没再分过火箭班和普通班。

开学三周，学校突然通知，把每个班的艺术生抽调出来，重组一个艺术班。

王冕收拾课本去艺术班的时候，程肆才知道，他是学萨克斯的。

王冕本来在（7）班就有些憋屈，几次报复不成，还差点偷鸡不成蚀把米，所以他打算安分一阵，想一些更隐秘的方法，谋定而后动。

抽调到艺术班对他来说是个好事，毕竟现在（7）班是沈嚣跟程肆的天下，他待在这儿也没劲。以前都是别人惹不起他躲着他走，现在他算真正体会到那种处处被压一头、不得不躲着点的屈辱感了。

以后离远了，远距离放冷箭总找不到他身上吧。

程肆倒没什么太大感觉，只要王冕不作妖，对她来说，他无非就是一个知道名字但不熟的男同学而已，他的存在微不足道。

因为重组了艺术班，解散了一个最末班，把原先最末班的学生又打散分派到其他班级，所以（7）班又进来一部分新同学。

顶替王冕位置的是一个齐刘海儿妹妹头的女生，有个好听的名字，叫云轻。淡淡的眉，细细的眼睛，人如其名，气质看起来文静内敛。

她走进来时，书包不小心把沈嚣放在桌角的课本碰到了地上，她惊惶地捡起，忙不迭地向沈校霸疯狂道歉："对不起对不起……"

她道歉的时候眼睛瞪得大大的，眼圈里仿佛有眼泪在转，晶莹剔透的。加上道歉躬身幅度比较大，声音又柔柔的，像极了卡通片里的那种卡哇伊少女，有点二次元的可爱。

沈嚣低着头玩手机没说话，女生不知道校霸是接受了她的道歉还是没有，拘谨地站在原地，手紧紧地捏着书包带子，紧张得脸色通红，牙齿轻咬着嘴唇微低着头，一副等校霸发落的样子。

程肆当副班长之后，不得不多关心起同学情绪来。她看着酷酷的惜字如金的同桌并没有打算开尊口的样子，又看看忐忑不安的女生，温和地跟她说："没事，你回座位吧。"

但女生抬眼飞速看了程肆一眼又低下头，还是一动不动地站在原地，双手又换到胸前，紧张地交握在一起扭着，仿佛在经历什么天人交战的折磨。程肆知道她说的话可能并没有打消女生的顾虑，她撞了沈嚣胳膊一下，沈嚣抬起头无辜地看了她一眼，程肆用眼神示意他"你说话"。

沈嚣无语，他本来就没在意这点小事，不吭声就代表没事。

而且他同桌都大发慈悲地发话了，这女生还跟没听到一样戳在这里干吗，小心翼翼得让他反感。他转过头有些不耐烦，眉心微蹙，看都没看女生一眼，对着空气不冷不热丢了句："没听到我同桌的话吗？"

沈嚣本身属于冷面长相，不笑的时候自带冷感，更不要说不耐烦的时候。即便什么也不说，但眉目间厌弃的神色比骂人都让人难受。

云轻愣了一下，她长得可爱清秀，也刻意学习过一些讨人喜欢的小心机。她刚刚那种卡通式的眼含惊慌，就是她最厉害的撒手锏，曾让她在许多男生面前得到优待，却没想到在沈嚣这里完全失灵。

沈嚣连一丝多余的眼神都没有给她，比传说中还冷酷。

她心里有些失落，也有些微微的屈辱感，她低下头，再度拿捏好声调，饱含委屈地轻声回了句"谢谢"，快速走回座位上。

沈嚣收起手机，懒懒地打了个哈欠，再回头看程肆时，脸上哪儿还有刚刚的不耐烦和冷淡，眉眼间尽是散漫欢快的笑意。

明明黑板上写着课程表，他偏偏连个头都不愿意抬，跟程肆多此一话："同桌，下节什么课？"

程肆说"语文课"后，他乖乖地从课桌里掏出了语文课本。

前排目睹一切的李卯卯和周星野："……"

没人比沈嚣更懂变脸……

他俩发现，自从上次在超市，沈嚣主动喊了程肆"同桌"，让她代劳买水后，对程肆的称呼张口闭口都变成了"同桌"。

接着李卯卯还注意到，程肆喜欢吃零食，书桌上常有一些小零食。而沈嚣，一个常年不吃零食的人，突然就变了，常常招呼都不打拿起来就塞自己嘴里，不管是话梅、棒棒糖，还是巧克力、棉花糖，百无禁忌。

然后下次他们一起去超市时，沈嚣又会从货架上顺其自然地捞零食带给程肆，美其名曰补充他同桌的零食库，毕竟人家的零食库快被他掏空了。

以前李卯卯觉得沈嚣完全不懂女生，比千年不开花的铁树都不解风情。现在看他对仙女霸霸的所作所为，他真心觉得，平日他在网上看的那些男生追女生的套路都太做作太油腻了，哪有嚣宝这么润物细无声呐。

周星野莫测高深地打量着沈嚣，轻佻地做出了一个抚下巴思考的表情。

沈嚣莫名其妙看了他们一眼："看什么？没听到我同桌说什么吗？拿课本啊。"

李卯卯和周星野："……"

这家伙真的是一分钟表演了几场变脸。

谁没同桌吗？

他俩互看了一眼，李卯卯突然对周星野噘起嘴做了个飞吻动作，说："好同桌。"

周星野也懒洋洋地伸手在嘴边吻了一下飞给李卯卯："致同桌。"

他俩默契做完这个动作，同时憋着坏笑看向沈嚣。

沈嚣动了动嘴，吐出两个字："幼稚。"

经过一段时间的相处，程肆由衷觉得，沈嚣也没比李卯卯和周星野好到哪儿去，他也幼稚得要死。

有天下了晚自习，他们一起回家。

沈嚣突然摸出手机，神秘地问傅遇："要不要看点好看的？"

什么好看？傅遇不懂，他和沈嚣好像没有什么共同爱好。

程肆挑了挑眉，突然想起以前关风的一个哥们儿去关风家找他，一进门就兴奋神秘地问关风"要不要看点好看的"，后面看到程肆跟关若也在时，脸上无比尴尬。

她和傅遇互看一眼，都从对方眼里看出了疑惑。

沈嚣捣鼓了一下手机翻出视频，举在傅遇面前招呼道："来来。"

程肆也好奇地凑上去，她知道沈嚣口中的"好看"跟关风哥们儿口中的"好看"肯定不是一个概念，但她看到沈嚣口中的"好看"时，顿时麻了。

是上次她醉酒后的视频。

她当时没觉得自己太醉，但显然喝高了，因为她喝高的时候容易手舞足蹈。视频里她边走边跳，兔子舞被她跳得摇摇晃晃，憨态尽显，而且她跳了一段舞后，又开始表演无实物投篮，一路跟个袋鼠似的蹦着投篮……

关键是沈嚣闲的，还给这段视频配了音乐，跳兔子舞时配的正常兔子舞乐曲，后面当她无实物投篮时，配的却是……砸碎别人家玻璃的声音，她跟个袋鼠一样，跳一步，砸一家玻璃……跳一步，一家玻璃碎了……

傅遇开始还照顾程肆的面子忍笑，最后看到她无实物投篮时实在没忍住，扑哧一下笑出声来。

程肆也没忍住笑了起来，她伸手去抢手机："你很无聊哎沈嚣！"

沈嚣早就提防了她，敏捷地举起手机让她扑了个空，程肆回首再抢，沈嚣已经快速后撤出几步距离。

她追了沈嚣几步，破罐破摔道："我不但会无实物投篮，我还能无实物拉小提琴。"

说着还做了个示范动作挑衅道："来来，你接着录。"

沈嚣真的举起手机准备接着录，程肆就没见过这么无聊的人。

"烦死了。"她笑着跺了下脚，又趁机追上去。

沈嚣笑得猖狂："你这就输不起了，同桌。"

程肆冷哼："你输得起，你表演一个让我录。"

沈嚣说："我没有天赋，很难把投篮表演得……这么像袋鼠。"

程肆："……"

你死定了。

最后是傅遇跟程肆打配合，从沈嚣手里抽走了手机。

沈嚣不满傅遇每次都会帮程肆，忍不住吐槽："无趣。"

这个视频多有趣啊，看这个视频他起码还能再笑个一年半载。

傅遇把手机递给程肆，云淡风轻地回了沈嚣俩字："幼稚。"

"对！幼稚！"程肆拿手机删掉视频，加重语气附和，强烈表示赞同。

沈嚣冷哼一声收起手机，转向傅遇，开始挑拨两人的关系："到底谁幼稚，你说说，你刚刚笑成那样到底是笑谁幼稚呢？"

傅遇忍不住又弯了弯嘴角，但他小心翼翼地收敛着，权当没听见他问话。

沈嚣又转向程肆挑衅："我能幼稚过一个喝醉跳兔子舞的人？"

程肆又追着他揍了起来。

他们打打闹闹走到傅爷爷"留梦居"的门口，傅爷爷喊他们一起喝冰好的绿豆沙。

炎热的夏夜，一碗冰冰的绿豆沙，成了他们三个人共同的安静时光。

程肆捧着冰冰的绿豆沙小口喝着，吹着微微的夜风，望着昏黄的路灯。她本来以为在此后的人生中，自己会需要很长时间来走出家庭破碎、妈妈离开带来的阵痛，但是傅遇和沈嚣的出现，好像吞噬掉了她生命里的那些灰暗。

她以前也很容易跟同学打成一片，但那时她的世界只有快乐幸福，所以叠加进她生命的温暖不过是锦上添花。而现在，傅遇和沈嚣给她的感觉，又不太一样，他们有些像她在遭遇雪上加霜后又遇到的光芒，她没想抖掉身上的那些冰雪寒霜，可他们一点点靠近她，照耀她，温暖她。

因为三人放学一起走，所以江夏学生经常看到他们。

很快，一波喜欢"嗑学"的学生就沸腾了，三人行必有单身狗。

这可是校草、校霸和校花哎，到底谁是那条狗？江夏的投稿墙很快开始变成大型"观赏综艺"现场。

围绕着他们三个的投稿层出不穷，有人发出感人肺腑流泪的表情说："这仨人真是太合我意了，太好嗑了，随便嗑哪两个都让人疯狂心动。"

配图是，沈嚣笑着伸手推傅遇肩膀，而傅遇也笑着伸手抓住他手臂的照片。

其实下一刻傅遇抓住他手臂，俩人就过了几招。但因为抓拍，那张图瞬间就被解读出兄友弟恭那味儿来了。

还有人发出程肆拿书包追着沈嚣打、傅遇慢慢走在后面，微笑看着他们的照片，配文字：一个打一个闹一个笑，这是什么该死的岁月静好。

下面有人回复：

"原来我不是不喜欢看甜宠剧，我只是不喜欢看两人戏，这三人甜宠剧才是剧啊！"

"第一次看到校霸和校草和谐相处，以前我一直以为他们八竿子打不着，不可能有交集。（鼓掌）校花法力无边，千秋万代。"

"我姐妹说她死前想魂穿校花一天。"

"现在开赌下注了！赌未来校花到底选哪个当男朋友！"

"试卷上的选择题我都没整明白，没想到我擅长的情感题也让我如此两难，到底选哪对？"

"不了吧，他们三个一直在一起不好吗？"

"一三五和校草约会，二四六和校霸约会，周日仨人一起约会，我已经替校花想好了方案。"

"有个疑问，为什么封程肆为校花，说实话校花我还是只承认高三的李学姐。"

"禁止攀比，此帖只讨论我们喜欢的这位校花。"

"我觉得以后花落谁家，要看毕业他们考什么学校，近水楼台先得月。哎？校花学习怎么样？盲猜她的成绩更靠近哪个，估计哪个概率就更大。"

"校花属于高智商长相。"

"楼上会算？排队看相。"

"排队看相。"

"排队看相。"

…………

周末，程肆本来打算去麓湖看关若、关风和那群老朋友。

一早起来给关若打电话对时间，关若正在吃早饭，气若游丝地跟她说，他们周末这两天都将在考试中度过。而且学校下新通知，他们高三今后放假时间改了，之前每周放一天假，以后改成每两周放一天假。

程肆听了就觉得窒息，她离这重压生活尚且还有一年。

她只能叮嘱关若，好好考试，等国庆假期再聚。

反正还有一周就到国庆假期了。

说到国庆，本来无精打采的关若突然满血复活了，她兴高采烈地跟程肆说，国庆湘城将会举办一场盛大的漫展。

她跟程肆交代："你快想想有没有想 cosplay（角色扮演）的角色，我好提前准备衣服。"

关若一直比较迷恋二次元，前两年就吵着去其他城市参加漫展，到现在也尚未成行。现在湘城终于开办漫展了，程肆隔着手机都能感受到关若的欣喜雀跃。

程肆对二次元没有很深入的了解，她跟关若说："你帮我选吧。"

"但是……"想到关若石破天惊的风格，她着重强调，"不要那种'鬼斧神工''摧枯拉朽'一般的奇装异服……你懂的！"

关若很有自知之明，咯咯笑得像个小魔女："放心吧，我不会把自己风格套你身上的。"

沈嚣周末也醒得很早，学生生物钟就是如此：到点醒。

加上客厅呼呼哈哈的相声声音，沈嚣也不恋床，拉开房门去客厅，看到他妈秦可心今天难得没出门，一边练瑜伽，一边听相声，分裂得一如往常。

他往沙发上一坐，顺手捞起手机给程肆发消息问："吃早饭了没？"

他妈瞥他一眼说："坐这儿干吗，吃早饭去啊。"

"唔。"沈嚣说，"我想出去吃。"

秦可心唠叨他："出去吃多不干净，家里什么都有。"

沈嚣反驳她："你平时也没少在外面吃啊。"

"我那是身不由己。"秦可心理直气壮。

"晚上是谁在叫外卖吃烧烤。"沈嚣嘲笑她。

秦可心表面上光鲜靓丽，常年吃着高级补品和料理，在身材管理方面非常节制，但偶尔到深更半夜她非常想放纵一下时，总会为了喝一杯红酒，点一堆烧烤，每个都尝一口，剩余的就喂沈嚣了。

"……"秦可心静默了一下，面不改色心不跳道，"你在长身体，那是为了给你补补。"

沈嚣看了眼程肆回过来的消息，站起身："我现在自己出去吃点补补也没毛病。"

秦可心知道管不住他，而且孩子长大了她也并不想多管，冲他翻了个白眼，傲娇地哼了一声。

沈嚣边换鞋边问她："中午回来陪你吃？"

"不好意思噢宝贝，很忙，有空再约。"

这次换沈嚣傲娇冷哼了，他早就习惯了他爸妈的繁忙。

秦可心倒有些愧疚，立马跟他解释："今天朋友公司开业，必须得去剪彩，忙完我早点回来陪你？"

沈嚣怕她多想，立刻摆手："别，我现在长大了，不需要你陪了，你好好忙自己的事就好。"

"臭小子。"秦可心白他一眼。

沈嚣咧嘴笑了笑，走了。

他确实长大了，拥有自己的世界和自己的朋友，他希望妈妈也如此。他喜欢看秦可心忙碌着工作，装扮着自己，捣鼓着生活，把自己当作世界中心，而不是围绕着他和他爸转。

自己的世界越辽阔，越不容易被人伤害。

沈嚣顺着楼梯走到楼下，程肆刚好从门内走出来。

她本来想在家吃早餐，结果这个少爷说："给你推荐一个超好吃的粉店。"

程肆肚子里的馋虫就这么被勾了出来。

两人一起走进电梯，程肆跟沈嚣说："我问下傅遇吃了没。"

沈嚣不置可否。

程肆给傅遇发消息："吃了没？"

傅遇回得很快："还没，刚运动完。"

"我和沈嚣一起去吃早饭，你一起吗？"

"好。"

他们走到小区门口时，傅遇正从旁边的便利店走出来。

他穿着黑白相间的运动衣，头上还有细密的汗珠，手里抱着两瓶水示意程肆和沈嚣拿，自己举着一瓶咕咚咕咚在喝着。明明是清瘦型的少年，因为长期运动却并不显单薄，肩膀宽阔，手臂线条结实流畅。

看到他们粲然一笑，问："吃什么？"

程肆接过水，抬起下巴点了下沈嚣方向："听他的。"

沈嚣打算打车，傅遇说可以回去开爷爷的"金龟子"。

用过"金龟子"后，三人都觉察出方便来，一拍即合，去"留梦居"把"金龟子"开了出来，轻车熟路地在老街穿梭。

有一段路恰好有小货车进来卸货，所以有些拥堵。他们跟着车流慢行，程肆百无聊赖地扫视周围，周末的早晨，早餐店的人少了许多。

除了早餐店，其他店铺有的尚未开门，有的半掩着门点货，还有的小狗趴在自家店铺门口发呆。

在这一派祥和安静里，程肆突然看到一个熟悉的身影从前面几米的巷子里冲出来。

白梦一边走一边抹眼泪。

"哎，你同桌。"程肆戳了戳傅遇的衣袖示意他。

"嗯。"傅遇也看到了。

"她怎么哭了？"程肆有些疑惑，这大清早的。

她不自觉地往白梦身后看了看，怕她又被别人欺负了，巷子里并没有其他人跟出。

傅遇跟她一样不清楚状况。

正说着，前面的货车卸完货开走了，他们继续朝前走。

程肆以为傅遇会叫住白梦，结果他开着车飞速超越了她。

程肆疑惑："不问问吗？"

她想起之前白梦被王冕刁难时，傅遇挺身而出。

傅遇知道程肆在担心什么，解释了一下："她应该是从家里出来的，她家在附近。"

"噢。"程肆了然，但还是有些不放心，"要不问一下？"

沈嚣发现他同桌对弱者有天然的怜悯。

傅遇听话地把车靠边停了下来。

白梦没想到这么狼狈的时候会碰到同学，她听到一个女声喊她的名字，惊惶地抬起头，看到程肆从一辆小车门边探出头。她挺喜欢程肆的，但她们从来没说过话，所以她没想到喊自己的会是程肆。

她往前几步走到车边，更没想到，透过后车窗，一眼看到了后座上校霸那张冷酷的脸。

再看驾驶位，是傅遇。

她的眼泪还挂在脸颊，惊得差点打嗝。

"你怎么了？谁欺负你了吗？"程肆问她。

"我……我没事，没人欺负我。"白梦飞速地擦掉眼泪。

想起之前序薇那件事，虽然去帮她出气的是沈嚣和傅遇，但其实是程肆挑的头，那时她就挺羡慕序薇能被这样保护和帮助，也羡慕程肆，她好像一个无惧无畏的女侠。

她完全没想到有一天自己也可以得到这样的优待，所以她一时有些受宠若惊，小声解释："是……和家人吵架了。"

"噢……"程肆点了点头，家事就不好再说什么了，转而问她，"你吃早饭了吗？"

白梦摇头。

吵架的原因就是她刚在家做完早饭，忘了给弟弟做他爱吃的香芋糕，后妈就以此事为由开始骂她。她妈怕她挨骂赶紧下厨房去做了，后妈在一旁冷嘲热讽说她们母女光吃白饭不做事，她已经麻木得懒得反驳了。

只是接着，后妈又跟她爸说起，女孩子读什么书，还是要早点嫁人的话。她顶了几句嘴，她爸给了她一巴掌，她实在对这个混乱的家感到不堪重负，哭着跑了出来。

"我们正准备去吃早饭，你要不要跟我们一起？"程肆问。

白梦慌乱地摆手："我……我不饿。"

其实她是饿的，但怎么会好意思。

她跟闪闪发光的他们像两个世界的人，不能程肆跟她客套一句，她就真的厚着脸皮去了。

"或许一会儿会饿？"程肆知道有些女孩子更内向害羞一些，需要多邀请一下。

这时，旁边的傅遇也开口附和道："一起吧。"

白梦愣了一下，突然有点明白过来，他们三个都不是那种愿意客套的类型的人。

她不想来回推托，显得自己小家子气。

她抿着嘴害羞地点了点头，想上车，看了后排一眼又僵直地站在原地。

程肆还没反应过来，沈嚣一手懒洋洋地搭在她的座椅上，一手点了点她肩膀："你坐后排，让她和她同桌坐一排。"

程肆笑哈哈地反应过来白梦犹豫的缘故了。

后座杵着一个冷酷大佬呢。

她立即从副驾驶位下车跟白梦说："来，你坐副驾。"

白梦的心思被识穿，有些不好意思，但还是红着脸顺从地坐在了副驾驶位。

程肆打开了后门，沈嚣往旁边移了移给她让座。

"金龟子"空间很小，程肆坐在后排才发现，后排空间更小。

沈嚣为了让她多坐一些，手脚并用地把自己缩成一团，哪还有刚刚的悠闲。

程肆没忍住笑。在白梦眼里，沈嚣是绷着脸的冷酷大佬。

其实沈嚣不但不冷酷，还礼貌而乖巧。

就像现在，他为了让她坐得舒服一些，自己却缩成了一个"弱弱地抱紧自己"的表情包。

还好，目的地已经很近了，他们很快到了。

一个老旧却非常安静的家属院门口。

旁边有长长的林荫路，两边的树木郁郁葱葱，沈嚣指挥着在一个车位停下。隔着车窗，程肆就看到了周围早餐店人头攒动，许多吃完早餐的老人坐在树荫下捧着茶杯喝茶聊天下棋。

沈嚣领着他们径直走到一家粉店门前，没有位置，沈嚣熟稔地喊里面的老板："李叔，还有桌子吗？"

那个在忙碌下粉的老板看到他有些惊喜："哟，你小子，好久没来了。"

接着他说："你把我们屋里的桌椅搬出来吧。"

沈嚣熟门熟路地带傅遇走到后面房间，搬了张方桌和几条凳子出来，找了一处树荫下铺平桌子。

沈嚣让他们点单，程肆说："你熟，你点。"

程肆这么一说，傅遇跟白梦也都跟着点头。

沈嚣拿他们这种懒人点菜法没辙，他说："我最爱吃他家的炸酱粉加码酸辣丝。"

程肆说："我来个一样的。"

"我也一样。"傅遇和白梦异口同声。

沈嚣跟老板报完单，发现程肆按捺不住去旁边的小吃摊点溜达了。

他跟过去边给她介绍边买单。

白梦跟傅遇坐在位置上等，因为和傅遇熟很多，所以白梦在傅遇面前不会那么拘束，她低头跟傅遇道谢："谢谢你们。"

这不是傅遇第一次帮她。

傅遇零星听说过一些白梦的家事，也习惯了她总是有些脆弱忧愁的样子。

他抬眼看着不远处的程肆，她站在一个小吃摊前正在跟沈嚣指点着说笑，日光透过树影影影绰绰垂在她脸上，明媚耀眼。

她好像只有在"虎口余生"喝点酒的那些夜晚，才会露出一些若有似无的脆弱，但她的脆弱一点都不会让人觉得苦楚，因为她的脆弱里没有丝毫软弱。

更多时候，她显现出来的，是漫不经心的无畏和直冲云天的勇气。

"是程肆担心你受欺负。"傅遇解释。

"我知道。"白梦垂下头，摊开手掌接住了树缝的光亮。

有光亮在她莹白的手掌里闪啊闪的，像程肆给她的闪闪发光的温暖。

为了避免像上次那样吃得扶墙出，这次程肆点得很小心，都只要很少的量。

沈嚣没在意，直到程肆让他去要了把水果刀、拿了个碟子、打开小吃袋准备挨个分切的时候，他才反应过来。

看着一个麻球被她切成四小份。

沈嚣说："你是怕吃垮我？"

程肆把切好的四份麻球放中间，示意每人夹一份，一本正经道："不是，我怕吃撑我自己。"

上次吃到扶墙出的场景还历历在目。

沈嚣嘀咕："那也不用这么节省。"

他什么时候吃一个麻球还要分。

傅遇处之泰然地夹起一块麻球，举在半空中观察了一下赞赏："程大师刀工不错。"

程肆被逗笑。

不管她做多么荒唐的事，傅遇好像总是能坦然自若地接受，有时甚至还会配合她的胡闹。

就像现在一样，他吃下麻球后，接过程肆的小刀说："你吃，我也来展示一下刀工。"

说着他问程肆："下一个想吃什么？"

程肆指了指葱油饼。

傅遇爽利地把它大切八块。

沈嚣夹起他切的葱油饼，一脸挑剔："你这切得不均匀。"

傅遇把小刀扔给他："你来。"

沈嚣也不客气，挑了个小点心，做出一副大展拳脚的样子："让你们见识一下，什么才叫真正的绝世刀工。"

"呵。"程肆和傅遇双双回了他一声冷笑。

整个早饭期间，白梦目瞪口呆地看着三个人抢着展示刀工。

三人有多幼稚呢。

点心切完了，开始切早餐店送的小零食，花生仁和瓜子仁……从比试"我能切更小的东西"，到最后"看看谁能把最小的东西切得最平均"，三个人玩得不亦乐乎，中途还邀请白梦一起加入，白梦连连摆手。

做同学这么久，她从没看到过傅遇和别人开玩笑，她印象里的傅遇一直都彬彬有礼、清淡疏离，还有校园大佬沈嚣，是别人看到他话都不敢搭的角色，更别提这个刚转学过来就引起轰动的霸道校花。

她完全想不到，他们在一起，竟然是这种跟幼儿园小朋友相差无几的相处场景……

不过她看出来了，傅遇铁定跟程肆一派，不管她做什么，他都不动声色地夸奖支持。

而沈嚣呢，他虽然嘴硬，喜欢逗程肆，但其实行为也特别顺从他同桌。

他们三个相处得格外默契有趣，她甚至觉得他们好像从小就认识，青梅竹马一起长大。

可显然不是。

早餐店十米开外有一个球场，球场旁有一栋矮楼，阳光投射的阴影罩在球场上，让球场比其他地方都显得阴凉。

吃完饭后，沈嚣指指球场说："要不要去投会儿球？"

"哪儿有球？"程肆问。

沈嚣指了指粉店。

傅遇体贴地先问了下白梦："你等会儿有事吗？"

白梦不想回家，她摇头："没事，你们玩吧，我等你们。"

沈嚣去李叔屋里拿球出来，程肆说："这早餐店装备也太齐全了吧。"

沈嚣笑道："这是李叔儿子的球。"

从沈嚣带他们到这里吃早餐，程肆就看出来他对这一片的熟稔。

她问沈嚣："你经常来这里吃早餐？"

沈嚣说："很久没来了，小时候跟爷爷奶奶住这边，搬走后偶尔回来吃。"

程肆很理解这种念旧的情怀，她对小时候的东西，也都有特殊情感。

好像人类都是如此。

即便后来见过大千世界，但对最初的人或物，内心仍会留存一个微小的角落。仿佛一打开那个角落，就可以回到曾经的时刻。

刚吃完饭，不能太激烈运动，所以三个人开始只在那里随意扔球。

玩了一会儿，沈嚣发现，程肆打球动作娴熟，他又蠢蠢欲动地想挑战，他说："我们三个……不比输赢，多没意思。"

傅遇跟程肆不约而同地看向他，不知道他葫芦里又卖什么药。

反正程肆知道肯定不是什么好药，他一向以捉弄自己为乐。

不过她不怕，反正傅遇会帮她，她斜了沈嚣一眼："你想怎么比？"

沈嚣把篮球在手里一颠一颠的："刚看你投篮姿势不错，所以我们也不算欺负你……"

　　傅遇听不下去了，说话就说话，怎么还捎带上他了，他纠正沈嚣："怎么不算呢……"

　　"欺负人"这三个字都快刻你脸上了。傅遇想说。

　　"那我们都让她三个球，这可以吧……"沈嚣坏笑的嘴角都快咧到外太空了。

　　"你就说想赌什么吧？"程肆纵容着沈嚣，单刀直入。

　　沈嚣："打圈投篮，赌大冒险吧，赢的人命令输的人去大冒险。"

　　"几局？"

　　"三局。"

　　傅遇看了程肆一眼，程肆胸有成竹地点了点头："好啊。"

　　"傅遇，你不能包庇我同桌……"沈嚣不放心地交代。

　　程肆白他一眼："……打圈投篮怎么包庇，难道他把篮筐搬我面前吗？"

　　沈嚣被噎到了。

　　傅遇忍俊不禁，慢条斯理道："刚刚切的不是花生仁吧，有没有可能……"

　　他指了指脑袋，再补一刀："是你的脑仁？"

　　"哈哈哈哈……"程肆爆笑。

　　论毒舌，还是得那种常年不蹦一句话的人来，蹦出一句能气你好半天。

　　"滚你的。"沈嚣笑骂着，拿球朝傅遇丢过去，傅遇轻而易举地接住了。

　　白梦站在场边，看三人认真比赛。

论打球，傅遇和沈嚣都是个中高手，而且男生身材挺拔，手臂修长，在篮球上拥有绝对优势。

而程肆身材纤瘦，虽然白梦觉得她好像打得也不错，但在绝对优势面前相对会弱势一些。

但白梦没想到，虽然程肆投篮的姿势和力气确实都很轻巧，不如两个男生有力道，但球从她手中离开后，却仿佛长了眼睛一样，一个接一个，灵活地钻进了篮筐。

程肆不但命中率比他们高，还都是空心球。

"哇。"场外白梦忍不住小声惊呼，她终于知道为什么李卯卯总叫她仙女霸霸了，她再次对程肆开启了迷妹眼。她不好意思喊叫，只能拼命地给程肆鼓掌。

沈嚣也有些吃惊，猜到他同桌打球不错，但没料到这么优秀。

程肆一口气连进几个球后，他算是明白为什么程肆敢胸有成竹和他比赛了。

他这是冒冒失失踩到人家统治区上蹦迪呢。

傅遇看了眼沈嚣含笑问："还比吗？"

沈嚣双手环胸，大言不惭："我看起来像输不起的样子吗？"

不怕就好。

傅遇和白梦一样，欣赏着程肆炫技般进球。程肆每进一个球，他都卖力给她鼓掌。

第一局结束，沈嚣和程肆一起投完，但赛前承诺让程肆三个球，所以最后算程肆赢。

"厉害了我的同桌。"沈嚣输得心甘情愿。

程肆一拱手，颇有点江湖女侠风采："承让。"

沈嚣问："第二局不增加点难度？"

程肆："怎么加？"

沈嚣："你赢你定规矩。"

程肆歪头想了一下："那先原地转一圈再投。"

傅遇以为，程肆增加这个难度，一定是因为她擅长。

所以他和沈嚣第一轮投了个 4∶3 后，两人期待满满地等她赶超。结果，程肆转完一圈把第一个球丢出去，球直接飞到了篮筐外，确切地说，跟篮筐一点边都不沾。

"哈哈哈。"沈嚣笑得前仰后合，他说程肆："你怎么回事啊，怎么还谦让上了。"

"谁谦让了。"程肆有些郁闷，气哼哼地回道，"我……晕圈。"

她增加这个难度时只考虑到好玩，根本不考虑自己死活，想着说不定两人也晕圈呢，大家就慢慢投呗。

结果，只有她自己晕圈，那两个人平稳发挥。

傅遇也被她这一举动逗笑，他发现程肆直爽得可爱。

她不会为了赢去故意设计什么，甚至明知道怎么赢，却因为好玩也不介意输。

他轻笑着摇了摇头。

程肆知道这盘自己输定了，她转头给傅遇打气："不负相遇加油，一定要拿下这盘，不能给嚣宝一丝反击机会。"

"鹿死谁手，马上揭晓。"沈嚣笑哈哈地接着转圈跳投，一个接一个地进球。

最后，经过两个人激烈角逐，第二局傅遇险胜沈嚣一球。

"嘿！嘿！"程肆挥舞着手臂高兴得不得了，一扬下巴，嚣张地跟沈嚣说:"就算下一局你赢,也没有使坏的机会啦!"

"那可不一定,平手了可以追加一局。"沈嚣输了球没一点不高兴,乐呵呵的,继续跟个大反派一样逗程肆。其实他根本无所谓结果,他就是喜欢和程肆唱反调的这个过程,她的晕圈反应已经足以让他觉得好笑了。

傅遇不想战局再对程肆不利,所以第三局他问:"要不要换个规则?"

"行啊,你赢你定。"沈嚣很干脆,他倒要看看傅遇能出个什么局。

结果傅遇直接转头看程肆:"你想怎么玩?"

沈嚣:"……"

真烦,这人总装好人哄他同桌开心,把他衬托得很坏的样子。

他同桌也确实开心,一听这话,眼睛骨碌碌转了一圈,兴奋地提议:"最后一局比投十个三分球怎么样?"

"呵。"听到这话,沈嚣挑眉看程肆,"三分球?这次又送分?"

程肆也学他挑眉,胸有成竹道:"那要看谁给谁送。"

傅遇看着女生骄傲又嚣张的模样,弯了弯唇角,看来回到她统治区了。

白梦觉得男女臂力悬殊,三分球肯定是比打圈投篮难多了。

这圈程肆先投。

接着,白梦看到了这局和第一局一样的模式,程肆开始花样炫技。

她先是双手投了两个,完美进球。

接着又单手投了两个,完美进球。

"嚯!"这次连沈嚣都忍不住惊叹了。

三个观众巴掌拍得呱呱响,连场外几个吃完早餐在球场边溜达的大叔，都站在那里夸："小姑娘厉害啊。"

程肆落落大方地笑了笑，用力一跃，单手抛出篮球，又进一个。

"哟！不错。"这下程肆自己都没料到会连进五个三分球。

第六个，她刚抛出球，就知道进不去了。

但沈嚣已经佩服得五体投地了。以女孩子的臂力来说，这要没点功底，哪儿能投成这样啊。

反正他上去投到第三个就没进了。

他忍不住问程肆："你以前是不是练过？"

程肆："唔，以前没少被关风练。"

傅遇和沈嚣明白过来，关风……麓湖男篮队的 MVP（最有价值球员）。

傅遇比沈嚣多进一个球后，就没再发挥了。

整个场地交给程肆，程肆又投进两个。傅遇说："按我们让你三个球的规则，你已经赢了。"

程肆笑了笑，没有停止，接着跳起来，一口气又进了两个。

哇噢。场边的大叔都开始给她鼓掌了。

最后一个，程肆在手上反复颠了几下球调整，然后直接潇洒做转身离开状，看都没看篮筐，手腕回勾将球抛出去。

球应声进篮筐的那一霎，她走到了场地中央。

再回过头，看到球进了。这是个耍帅球，要没投进肯定有些丢人，投进肯定显得潇洒而有实力。

她激动得一蹦三尺高，喜不自胜地冲回到傅遇和沈嚣身边，眉眼弯弯，神情骄傲，嘴上直嚷："怎么样！怎么样！我厉害不！我是不是你们见过的最牛的人！"

"是是是。"傅遇纵容宠溺地望着她，连连承认。

"是是是。"沈嚚也无奈地笑望着她。程肆蹦蹦跳跳的模样让他想到了一种可爱的小动物，他怕说出来程肆会打他。但有话不说不是他的风格，他憋笑道："你现在跳着的样子好像一只……"

"闭嘴。"他话还没说完就被程肆了若指掌地打断，她含笑指着他，"你敢说出来我就揍死你。"

沈嚚看她一眼，乖巧地选择了闭嘴，但下一秒，他就忍不住哈哈大笑地喊出来："好像一只土拨鼠哈哈哈。"

说完转身就跑。

"你才土拨鼠呢！你土拨鼠加大乌龟。"程肆又追着沈嚚去打了。

四人一起回去的路上，白梦很期待程肆让两个人大冒险什么。

但程肆一时没有主意，她提议："先记着吧，改天我想起来再说。"

傅遇跟沈嚚既然都愿赌服输，也无所谓时间。

程肆掏出手机打开备忘录嘀咕："我记性不好，用手机记一下。"

看程肆低着头认真打字，沈嚚探头在她手机上瞥了一眼，看到她上次备忘录中写的是"欠沈校霸一个人情"。

他默默地咧了咧嘴，他在她的备忘录里。

第二章

所以……现在是男同学，
高中毕业后是男朋友？

白梦下车时特别认真地跟程肆说了句："谢谢，谢谢你们。"

程肆笑着冲她挥了挥手。

小车开走，白梦转身朝相反的方向走去。

她不想回家，她去图书馆学习。那个重男轻女又混乱的家对她来说，并不是家。

书上总说家是温暖的地方，而她的家却是让她只想逃避的地方。

对她来说，这个世界上的任何地方，都比家像家。

傅遇他们回到"留梦居"时，书店前厅虚掩着门。

傅爷爷正在厨房忙碌做饭。

傅遇想下厨帮爷爷忙，爷爷说让他们三个在前厅玩，看店。

三人打开门营业，暂时还没有人来。沈嚣在傅爷爷门口的摇椅上坐下，百无聊赖地摇了几下，程肆走到桌边看了看傅爷爷的书法。长期保留着爱好的老人总是显得更闲情雅致一些，她外公外婆也各有爱好，外公喜欢户外攀登，外婆喜欢种花，所以家里的院子被外婆打理得漂漂亮亮。

傅遇顺手拿起抹布，在一个角落擦拭收拾。

程肆环顾整个店里，完全没什么卫生死角，傅爷爷是一个相当干净雅致的老爷子。

"不负相遇，你爸妈不在本城吗？"看着傅遇好像一直和爷爷生活，程肆顺口问道。

傅遇擦着柜子的手顿了一下。

因为停顿的时间超出了平时对话时间，所以程肆一时有些迷茫，转头看到傅遇低垂着眼没有动的样子，她突然有些忐忑，是不是失言问了不该问的问题？

她看沈嚣，沈嚣耸了下肩表示不懂。

傅遇将抹布在手上折了折，像终于组织好了语言，轻声说："嗯，不在……他们都离开了。"

"离开了？"程肆疑惑地重复了一句。

沈嚣心念一动，看向程肆，是他们理解的那个意思吗？

傅遇有一搭没一搭地抹着柜子，没有抬头，平静地诉说这句话的故事："我初一的时候，爸爸出事故走了，不久后，妈妈也生病走了。"

他语调平静，听不出悲喜，但任谁都知道平静之下蕴含的悲戚。

程肆没想到自己脱口而出的话，会引出傅遇的心头痛事。

而刚失去妈妈的她在那一刻，感同身受到了同一种悲伤。

她在傅爷爷的椅子上坐下，怔了一下，低声说："我妈妈……前两个月也离开了。"

她说完这句话，转头望向窗外。半明半暗的老街，路人来来往往，这世界上仍有千千万万人，却再没有她的妈妈了。

这是她第一次提到妈妈离开没有哭，但内心却空荡荡的，有些难受。

怎么形容那种感觉呢？妈妈刚走时，她心痛得整夜整夜睡不着觉。后来，她的心痛减缓了许多，但每次想起，不管多么晴朗的天气，都好像突然下起雨。

傅遇没想到程肆和他有着相似的痛，他突然理解了第一次见到她时，她身上为什么会有一种若有似无的伤感。

沈嚣呆了，上一刻他还在和程肆交流眼神，为问到傅遇的心头痛事尴尬，下一刻却又听到程肆妈妈的离开。他一时间不知如何反应，不知不觉在躺椅上坐直了身体，瞬间明白了之前在学校门口的小巷子里，她为什么对她爸态度那么差，后来又为什么一个人躲在实验楼哭。

有阳光从窗棂里、门边、不同的缝隙里穿堂过室洒在书屋上，那一刻，空气里安静如斯。

平日里，见程肆勇敢大胆的时刻居多，此刻突然看到她身上浮现出的柔弱，沈嚣特别想说点什么安慰她。

但他知道，人在面对真正的痛苦时，所有的安慰都是隔靴搔痒。

世界上所有悲痛之事，死别肯定是最痛的那一个。

跟他们两个痛失亲人这样的事相比，他家那些让他发过疯的事，都显得没那么沉重了。

他清了清嗓子，说起了他爹的荒唐往事："你们能信吗？我爸妈感情挺好的，但我爸还在外面出轨了很多小三小四小五小六，听说每个人都跟他初恋有些相似之处。我初中的时候，他外面的不知道哪一位，还差点弄出个儿子跟我争家产，要不是老天开眼，让那女的摔了一跤，我可能现在就有一个弟弟了。"

他本意是说这话缓解一下沉默的气氛，冲淡一下两个人的悲痛。

谁知道程肆听到他的话，嗤笑一声："我现在已经有一个同父异母的妹妹了，他们一家三口好好地生活在一起。"

沈嚣和傅遇面面相觑……

程肆想到程东来，刚刚的悲伤瞬间一扫而过。

她妈直到临终都没在她面前说过任何一句程东来的不好。温静懿不希望她记恨程东来，她觉得程肆懂得为人子女的情感，亲近他还是疏远他，都让程肆随心意选择。

她说："你可以按自己的本心决定，不必拘泥于任何世俗。妈妈只希望你快乐。"

愤恨程东来并不是一件快乐的事，所以程肆决定把他当作一个陌生人。

对她来说，她和程东来除了血缘，已经没有任何关系了。

都说血缘关系斩不断，有什么斩不断呢。

程东来愿意在外面和另一个女人生另一个女儿的那一刻，就已经亲手斩断了他们的父女关系。

他可以斩断，程肆觉得自己也可以。

傅遇和沈嚣还在想怎么安慰程肆，程肆却因为程东来很快走出了悲伤的氛围。

她转过头大大咧咧，满不在乎地说："没事。我们身边还有疼爱自己的长辈和朋友。"

说完她站起身走到傅遇身边，甚至还拍了拍他的肩，企图安慰他：

"不要伤心，不负相遇，你还有我们这些朋友。"

她转头向沈嚣寻求同盟之情："对吧？"

沈嚣："……"

程肆的坚韧超出他的意料。

虽然把傅遇当朋友这件事还有点别扭，但不可否认，三个人关系确实比较密切。

起码他也没想过除了李卯卯和周星野，自己还会和程肆、傅遇在一起玩。

此刻看着程肆一脸真诚地看着他。

他艰难地点了点头，干巴巴地应了句："对。"

傅遇抬眼瞥了瞥他，完全看出了校霸不忍破坏此刻意境的勉强。

但他也不计较什么。

他本来想安慰程肆，结果反倒被她安慰了。

他不得不承认，在失去父母后这些痛苦日子里，此刻，他真的有感受到温暖。而这温暖，却是同样伤心的程肆给他的。

他小心翼翼地接受了这份珍贵。

傅爷爷手艺很好，做的都是湘城特色的菜。

特别是红烧肉，肥而不腻，入口即化，汤汁里铺陈的干豆角软糯入味，香辣程度恰到好处。

程肆大呼好吃，连吃两碗饭。

傅爷爷笑眯眯地看着程肆大快朵颐："你下次想吃告诉爷爷，爷爷再给你做。"

程肆连连点头："谢谢爷爷。"

傅爷爷继续说："小遇烧菜也好吃，特别会做鱼，下次让他也给你们露一手。"

"咦?"程肆有些小小的惊奇,转头看傅遇,"你竟然还会做饭?"

傅遇还没开口,傅爷爷已经不遗余力地在小同学面前夸起了自己孙子:"小遇不但会做饭,还会做家具、修理电器之类的。"

"做家具?"这个手艺超过了程肆的理解范围。

"对啊,你们现在坐的凳子就是小遇做的。"

程肆低头看了看自己坐的凳子,大吃一惊:"这么厉害?"

傅遇摸着鼻子有些不好意思:"其实做凳子不难啦,结构比较简单。"

傅爷爷知道孙子谦虚,他不由自主地跟程肆和沈嚣炫耀道:"你们吃完饭可以去后面他的手工小屋看看。"

听傅爷爷这么一说,吃完饭,程肆迫不及待要求傅遇带他们到他的小屋看看。

门打开的那一刹那,手工小屋具象化了。

手工小屋很干净很整洁,正中间摆着她不认识的机器。一面墙边的柜体从顶到底,井井有条地摆着各种工具,另一面墙的半悬挂柜体里,摆着一些放着设计图的相框,还有一些小玩意儿。下面堆积着一些颜色不一的木材,整个房间弥漫着淡淡的木头香气。

程肆走到柜子前,好奇地观赏着那些手工小玩意儿,有吃竹子的小熊猫,抱萝卜的小兔子,有男孩子喜欢的飞机、船、汽车的模型,还有生活用具菠萝托盘、水滴笔筒等,各种各样的,放了好几排,妙趣横生。

"都是你做的?"程肆吃惊地问傅遇。

傅遇点头:"以前放假的时候,学习累了偶尔会做手工放松一下,现在已经很久没做了。"

"太厉害了!这个精致程度可以去开店了。"程肆拿起架子上的小玩具爱不释手地把玩。

沈嚣本来没当回事，但此刻望着屋里的一切却不得不叹服，傅遇比他想象中的厉害。他看着架子上精心雕琢的飞机模型，问傅遇："做一个要花费很长时间吧？"

傅遇说："还好，几天吧。"

程肆好奇地问他："你为什么会做木工啊？"

傅遇说："爷爷以前是木匠，我从小喜欢跟他学着玩，这个房间以前也是他放木材的地方。他身体不好不再做之后，就让我收拾出了一间木工小屋。"

傅遇看程肆把玩了好一会儿那个抱着萝卜的小兔子，说："你喜欢这只兔子就送你啊。"

程肆依依不舍地把兔子放回架子上："它还是和它的小伙伴待在一起比较快乐。"

在傅遇小木屋参观完，下午程肆回家写作业。

沈嚣被李卯卯和周星野约去了市体育馆打篮球。

他们在体育馆打了一下午球，准备回去走到门口时，许岷皓带着一个小女孩与他们擦身而过。

沈嚣没注意，李卯卯记得这个上次在超市对程肆殷勤的小学弟，而且他突然想起，上次在学校看到他总有一种好像在哪儿见过的感觉，今天再见，灵光乍现，一下想起来了。

他戳了戳沈嚣神秘道："嚣宝嚣宝，我刚想起来，你知道我之前在哪儿见过那个学弟吗？"

"哪个学弟？"沈嚣一脸迷茫，李卯卯示意他回头看一眼。

沈嚣看到许岷皓和小女孩说说笑笑朝游泳馆的方向走去。

他不感兴趣。

倒是周星野一掌拍在李卯卯背上："有话快说。"

一听他这口气肯定是什么稀奇的地方。

果然，李卯卯说："我之前在所里见过。"

"啥?"周星野好奇地问，"犯的什么事儿?"

李卯卯说的所里是他爸工作的派出所。他爸是民警，常常加班，忙得不着家，他常去给他爸送饭，出入派出所犹如出入自己家。

看沈嚣也朝他看了一眼，李卯卯知道他也想听，立刻说道："暑假的时候不是死了个人嘛，后来联系到家属，家属就是那个学弟，死的是他爸爸。"

李卯卯顿了一下继续说："关键是什么吧，你们知道吗，这个学弟，所里通知他领他爸的遗物，领完后他出去直接就把东西都丢到垃圾桶里了，然后站在垃圾桶边上笑起来。"

周星野啧了一声："这么野。"

沈嚣问："为什么?"

李卯卯耸肩："不知道，我爸把我赶走了，所以我也不知道后续。"

李卯卯平时在所里看多了人情冷暖、离奇事件，所以并不好奇。他想了想感慨一句："反正我们这代小孩，父母离谱的程度千奇百怪。"

沈嚣回到家冲了个热水澡。

他站在窗边擦拭头发时，看着灯火辉煌的夜色、楼下车水马龙的街道，有一瞬间，他突然觉得在这个大大的安静的家里，有些孤独。

他以前从没有过这样的感觉。虽然父母都忙，但是他的世界很丰富，而且他还有李卯卯和周星野这两个死党，他们总能找出乐子玩。

但现在，他却觉得家里格外安静。

他一个人静静地坐在桌边吃完晚饭感觉有些无聊，捞起手机问他同桌："你干吗呢？"

程肆正在拼乐高。傅遇有自己的木工小屋，她也有一个自己的乐高小屋。里面是她建造的乐高小镇，有高山有森林，有漂亮的建筑和居民，有大海有轨道，有火车会轰隆隆绕着小镇跑过，有游乐场的摩天轮不知疲倦地转动。她很喜欢待在这个房间里，这个房间像她的小世界。

她刚设计完海边的一块小小的萝卜地，萝卜地里是兔妈妈和小兔站在一起，瞭望着大海。旁边是她在学校里面拼起来的蘑菇屋，这是她给乐高小镇新增加的景色。

她用手机拍下了这一幕。

沈嚣的消息是这时进来的，所以她顺手发了刚拍的照片过去当回复。

沈嚣看到那张图片，一个兔妈妈和小兔子站在大海边，看得出来程肆很喜欢兔子。

他看着图片上的兔子，想了想问："要不要去看兔子？"

看兔子？程肆问："去哪儿看？"

"出门。"

沈嚣带程肆去的是市中心知名的宠物市场，程肆知道这条街，只是不知道它和附近热闹非凡的商场打烊时间差不多。

宠物市场和一条知名的旅游老街交界，程肆以前没事也会和朋友经常来这条旅游街逛。现在人流更多了，摩肩接踵，店面也更换了许多，布置得更有景区特色了。

程肆边走边稀奇地打量，都说旅行是从自己待腻的地方，去往别人待腻的地方。

但其实很多人就算在一个城市待一生，对这个城市的了解也并不够深刻。

因为大家习惯偏于一隅生活，很少有人会走遍整个城市去感受一夕一朝的草木之变。

就像这条街，不过一年光景，已经大有不同。

程肆每看到一个稀奇的东西都会和沈嚣分享："哇，这个好像很好玩""那个好可爱""咦？这是什么？"，而沈嚣，不管程肆说什么，他下一句一准会丢一句"买了吧"，然后掏出手机，跟个大财主一样准备付款。

小到一个路边的"糖人"，大到潮玩店里的"玩具"。

程肆哭笑不得地拦下他："你干吗？"

沈嚣说："你不是喜欢吗？"

"……我喜欢就要买吗？"

"反正……我钱多得花不出去。"

程肆乐了："怎么？你有花钱指标？"

沈嚣点头："我爹的钱吧，不花白不花，我不花他也给别人花。"

程肆无语。

"不过不管我怎么花，对他来说这些连九牛一毛都算不上。"他指着潮玩对程肆示意，"所以……买了吧。"

程肆把他拖走："不买，你花不完你爸的钱我也不能替你花啊，我想要会自己买，也可以花我舅舅的钱买。"

沈嚣不得不收起手机。

程肆喜欢宠物，喜欢世界上毛茸茸的一切，但因为小学时养过的一只兔子没多久死了，她特别伤心，加上程东来对动物毛发过敏，所以家里也没再养过其他宠物。

但是平日她在外面看到别人的小猫小狗都会忍不住逗弄，而遇到过的猫狗也都喜欢跟她玩，所以一到宠物店，看到那些猫狗兔，程肆喜欢得不得了。

她在玻璃柜前挨个观看，在沈嚣眼里，这些就是不同颜色的猫兔狗，简称"小灰猫""小白兔""小黄狗"。

但程肆却小声地跟他介绍着不同宠物的品种和习性。

沈嚣有些好奇："你养过宠物吗？"

程肆摇头。

"那你怎么知道这么多？"

"我喜欢看宠物视频啊。"

沈嚣发现，程肆对白色的宠物有别样的偏爱，在一家宠物店看到一群萨摩耶品种的小狗完全走不动路，逗完这个逗那个。沈嚣也觉得那些小狗可爱，不但是双眼皮，还有长睫毛，笑起来也格外治愈，店主说它们的别名就叫"微笑天使"。

沈嚣看着蹲在那里笑眯眯地逗着小狗的程肆，突然觉得，这不是微笑天使在逗微笑天使嘛。

他们一家一家挨个逛着，走到一个店，门口的玻璃橱窗里，不像别人家放着小猫，而是摆着一张证书，是政府颁发的见义勇为证书。证书后面放着一炉香，还有一个男子和猫猫狗狗的合影，旁边有一个简易的介绍板，寥寥数字，介绍了男子是本店店主，因下水救人牺牲的事迹。

程肆和沈嚣照常踏进了店里。

店面不大，但打扫得很干净，还有淡淡的香炉的味道。

有一个女孩低着头在专心清理小猫的猫砂盆，感觉到有人进店，她迅速把手上的活干完，抬头轻声道："欢迎光临。"

但看清来人的一瞬间，她怔在了原地。

程肆也愣了一下，女生因为打扫，头发有些散乱，她正揪着垃圾袋准备扔，清丽的面容，小鹿一样容易受惊的眼眸，是她后桌云轻。

她想到刚刚玻璃柜里那个男子也姓云，难道……是云爸爸？

程肆有些惊讶，这种情况下碰到同学本会问"你家开的店？"，但因为橱窗的那份展示，好像问出这样的问题又显得像在探究别人的身世，所以她微笑地说了句："好巧啊。"

云轻看着言笑晏晏的程肆和她身后面无表情的沈嚣，也淡笑了下，神色如常地回应："你们随便看看呀。"

她错过身去门外丢垃圾了。

丢完垃圾，她站在门口摸了摸脸和头发。以前不是没有碰到过同学，但她都心无波澜，今天在店里看到程肆和沈嚣，她却有些微微的尴尬，像自己一览无余地被展览了一样。

她瞟了眼橱窗里她爸的照片和证书。

起初她妈妈做这个橱窗时，她觉得很难受，觉得这是在借她爸的死揽客。

她不想把自己的悲惨身世剖开在所有人面前，像在乞求别人怜悯。

但后来家里经济贫困，在面对一些人的欺辱时，她明白了她妈妈的辛苦，甚至也觉得她妈妈做得没错。

人都不在了，能用他身后名多获点利就多获点。

谁让他不负责任地不在了呢，为了救别人，却抛下自己的妻女。

这个行为到底是伟大还是自私，只有至亲才明白这其中的痛楚。

云轻回店里后，看到程肆一边在逗笼子里的小猫，一边跟沈嚣说话，沈嚣小声地回着她，两人亲密地交流。她并不吃惊，作为他们的后桌，她很明白沈嚣对程肆的青睐。

程肆看到她，笑眯眯地问："这是什么品种的小猫啊？好可爱。"

其实她知道是折耳猫，这种猫长得很可爱，却有遗传病，体质差，生存痛苦。网上有人呼吁不要繁殖，但耐不住它太可爱，也仍有人很愿意买这个品种，愿意给它们治病。

"折耳猫。"云轻轻轻回答，并小心地叮嘱道，"这种猫不太好养，容易生病。"

"噢。"程肆点了点头表示了解。

云轻回答完后，又转身去后面小屋拿了一些猫粮狗粮，忙忙碌碌地给小猫小狗喂食。

程肆又在店里停了一会儿，逗了逗其他小狗，和沈嚣一起跟云轻告别了。

出了店门口，她长吁一口气："没想到我也有社恐的一天。"

沈嚣倒没什么感觉，问她："为什么？"

程肆说："去同学家的店其实没什么，主要是因为看到了门口橱窗，我像一眼看到了她的伤口，会有一点点难受。"

沈嚣无所谓道："他们都放窗口了，证明并不介意别人知道。"

"或许不是不介意，"程肆说，"而是竞争压力大，经济紧张，所以不得不借自己痛心的事去为生存加码。"

沈嚣若有所思地点了点头，他同桌还挺深刻。

接着程肆又感慨了更深刻的一句："我们每个人都各有门前雪，各有瓦上霜。"

沈嚣觉得程肆有时候说话像写诗，他说不出来，但他点头如捣蒜，深表赞同。

两人从宠物街逛出来时，看了看时间才八点。

沈嚣问程肆热不热，要不要找个地方坐坐，喝杯冰饮。

说到喝的，程肆习惯性地想到"虎口余生"，现在傅遇应该上班了。

她说："我知道有一个喝东西的地方。"

沈嚣以为程肆说的是甜品店，或者别致点的咖啡厅，结果，程肆带他晃悠了二十分钟后，停在了一家酒吧门口，"虎口余生"四个字配着一个张大嘴嘶吼的大老虎头，显得格外特立独行。

沈嚣："……"

他不是不喝酒，只是没想到，他同桌所谓"找点喝的"直接找到酒吧来了。

而且她和门口的值班大哥还挺熟，跟他指了指身旁的自己说了句"我朋友"，就带着他大摇大摆地走了进去，像这片地方的大姐大。

本来看门口，沈嚣觉得这个酒吧里一定特别朋克，结果他走进去发现，酒吧里面反而格外温柔，和门头的凶猛气质完全相反，却又意外地和谐。错落有致的灯光用得恰到好处，星星点点，让人像走在"虎口余生"，却又像置身于星空。

程肆带沈嚣一路径直走到了吧台，冲吧台的傅遇熟练地招呼："来杯冰水。"

"冰水，谢谢。"沈嚣随她坐下，跟她一样，也先招呼了一杯冰水，只是顺着她的目光看到吧台的调酒师时，他差点惊掉下巴。

迷幻的灯光，加上傅遇的穿扮与平时截然不同，让他有些恍惚，这是……傅遇吗？这是……傅遇吧？

直到傅遇把冰水端到他们面前，他才彻底确定，这确实是傅遇！

"卧槽！这是什么情况？"沈嚣一整个大惊诧。

他对傅遇一直都是好学生的刻板印象，但现在这个梳着大背头、穿着白衬衣、戴着亮闪闪的银质项链的傅遇却让他有种荒谬感。他觉得要是傅遇以现在的形象跟他一起走到学校，那政教处主任拦下的肯定不是自己了，换装后的傅遇比他像"坏学生"多了。

傅遇今天的打扮确实更出格一些，是莫奈给他弄的。他也不想戴银质项链梳大背头，但莫奈说这更符合酒吧气质。

程肆却觉得这样反而显得傅遇五官更立体，确实更像一个潮酷的调酒师。

她打了个响指夸他："蛮帅的。"

傅遇冲她腼腆地笑了笑，把酒水单递到沈嚣面前："看看喝点什么。"

看着一脸震惊的沈嚣，程肆乐不可支："是不是很意外？"

"那可太意外了！谁能想到江夏优等生在酒吧干调酒师的工作啊。"沈嚣对傅遇有点刮目相看。

傅遇看到沈嚣的震惊有些愉悦，他也起了一些好玩的心态，给沈嚣回了句绕口令："人要是行，干一行，行一行，一行行，行行行。"

"……行行行，傅行行，"沈嚣翻开酒水单看了看说，"给爷来杯……老实西瓜冰？这名字取的，啧啧。"

傅遇很有服务意识，来者都是客嘛，他流畅地接着沈嚣的话："好嘞，沈爷。"

沈嚣又瞪了他一眼，没想到傅遇这么顺从地给他换了个称谓。

程肆意外："校霸来酒吧竟然不点酒？这不符合你校霸的名头啊！"

沈嚣合上酒水单："我得保持清醒，我怕你喝高了找不到回家的路。"

这弄得程肆有些不好意思了，她说："我今天不喝酒了，你想喝什么就喝吧。"

"老实西瓜冰。"沈嚣坚持初衷不改。

最后程肆跟他一样，也要了份老实西瓜冰。

两个老实学生。

今天安琥珀不在店里，莫奈招呼了会儿客人经过吧台。

看到沈嚣跟程肆，他停了一下，扬了扬眉问程肆："男朋友？"

"……"

程肆一点都不惊奇莫奈的问话，反正大多数人看到一男一女在一起，就会顺其自然地把他们理解成男女朋友关系。"男同学。"程肆说，并跟莫奈强调了一下校规："我们高中生禁止早恋。"

"哦……"莫奈点点头，思索了一下说，"所以……现在是男同学，毕业后升级成男朋友？"

"……"

这理解逻辑，程肆服了，她说："哥哥，你还是得多学学汉语。"

莫奈哈哈大笑，他看了看吧台的傅遇。他一开始觉得傅遇君和程肆还挺般配的，现在突然冒出个跟傅遇帅得不相上下的男生，这个故事突然就有意思了。

他问程肆："你同学都这么帅吗？"

程肆突然兴起了逗沈嚣的心思，她笑眯眯地转过头，不怀好意地把这个问题丢给了他，一副"来，让我看看你有多自恋"的样子。

沈嚣知道自己帅，但他可从来没拿帅当回事，这会儿看程肆狡黠地把问题丢过来，他不慌不忙地把话推回来："这事肯定你评价才更权威。"

"别人眼中的自己和自己眼中的自己肯定不一样。"程肆说。她特想知道沈嚣自己眼中的自己，她好奇地问他："哎？如果满分十分的话，你给自己的颜值打几分？"

沈嚣一贯的潇洒："随便几分，够用就行。"

"哈。"旁边莫奈先笑出来，这是什么评价，够用？

程肆也笑着重复了一遍："够用？"

这时傅遇端着西瓜冰过来了，程肆转头又好奇地问傅遇："不负相遇，如果满分十分，你给自己的颜值打几分？"

傅遇被这个突如其来的问题问得摸不着头脑。

他看了一眼沈嚣和莫奈，两人也饶有趣味地看着他，一副等着看好戏的样子。

"快说。"程肆催促。

傅遇老实地问："几分及格？"

"六分。"

"噢。"傅遇毫不犹豫道，"六分。"

"啊？"程肆吃惊，"你给自己打及格分？"

傅遇小心翼翼地看她，问："是不是高了？"

莫奈喷笑，程肆也指着他笑："你故意的是不是？你明知道自己不可能六分。"

沈嚣冷哼一声，这人，故意逗他同桌笑。

傅遇倒也不是故意，虽然学校里有人喊他校草，但他照镜子看到自己的脸时，从没觉得自己帅得突出，就是很平常的长相。他有时还觉得自己长得过于温和，反倒希望自己长得彪形大汉一些。

程肆再次追问："说真的，到底打多少分？"

他温和纵容地看着程肆："你给我打多少分就多少分。"

莫奈笑着摇了摇头，他原本以为这两个人是低调，现在看来，他明白了。这两个人就是故意的，都想让程肆打分罢了。

哎，年轻人的小把戏罢了。

他洞悉一切地飘走了。

傅遇又在吧台忙完，闲下来过来陪他们时，程肆想起宠物市场的云轻，跟傅遇聊了起来："你知道我们过来前在宠物市场碰到谁了吗？"

"谁？"傅遇虽然完全摸不着头脑，但还是配合着她猜，"班主任？"

"什么呀！"程肆打了他手臂一下，"大周末的提班主任干吗。"

虽然曲小强是一个温柔不多事的好老师，但一想到他跟唐僧一样啰唆，程肆就头疼。

傅遇笑了笑，听到程肆说："我们碰到我后桌云轻了。"

傅遇恍然想起，云轻家开宠物店，很久之前他也在宠物街看到过，但因为不熟所以基本给忘了。

面对傅遇，程肆可以自然地发出疑问："他们家店门口摆了一个店主见义勇为的证书，去世的店主是不是她爸爸啊？"

傅遇点头："是。"

程肆喃喃道："真是啊，太可怜了。"

傅遇问："他们店里现在还会轮播她爸爸去世的新闻吗？"

"啊？"程肆有些意外，"没有哎，他们为什么重播那条新闻？"

"可能收起来了。"傅遇说，"前几年她妈不能接受她爸救的那个人，觉得太不值得，所以，一直在店门口挂了个电视轮播。"

"救的那个人怎么了？"程肆好奇。

"她爸救下的那个人本来是打算自杀的，结果最后那个人获救了，她爸爸却走了……"

"啊？"程肆有些傻眼。

傅遇看她确实不知道这个新闻，继续往下说："关键是，被救的那个人扬长走了，漠不关心地说了一句'我又没让他救我'。"

"……"程肆沉默了。

他们从小被教育做一个善良的人，但有时善良和真诚却要分清对象。

对救人者云爸爸来说，他的善良被辜负了，他的善良换来的不过是自己家庭痛失至亲。而对那个冷漠的被救助者来说，他一心向死的需求被打断了，他甚至厌恶别人多余的善良。

"唉。"程肆发出了一声沉重的叹息，感觉这世界上许多事，总透露着信息不对称、情绪不对称、认知不对称的诡异。

对作为旁观者的他们来说，最后也只能以一声叹息结束所有。

傅遇继续去忙了，程肆去了个洗手间。

再回来时看到一个女生站在沈嚚面前。

一头大波浪，穿着吊带小短裙，艳丽又妖娆，不知道在跟沈嚚说什么。

沈嚚连嘴都没张，酷酷地摇了摇头。

女生在沈嚚右边的凳子上坐了下来，沈嚚往左边移了一个位置，并把程肆的饮料也推了过去，转头朝卫生间的方向张望。

看到程肆刚好走过来，如蒙大赦。

程肆想到之前琥珀姐告诉她，傅遇在酒吧里常被要手机号码。

沈嚚被要手机号也正常，但看到他这如坐针毡的样子，程肆有些奇怪。

她刚坐下，女生也移了个位置，再次凑到沈嚚旁边，探出头，对沈嚚左边的她大刺刺地问："美女，你有这帅哥的电话吗？"

程肆看沈嚚眉目间隐约已有不耐烦，她问："怎么了？"

程肆还没说话，女生已经自顾自地往下说了："我刚刚问他有没有女朋友，他没吭声，所以，你肯定不是他女朋友吧。我很喜欢他啊，你能不能把他电话给我，我追着试试。"

程肆明白了，平日在学校里，只要沈嚣冷脸，便没人敢上前了，这次碰到个不怕他脸色、不达目的誓不罢休的人了。

沈嚣估计一时不知道怎么处理了。

女生长得很漂亮，瘦瘦的脸颊上，有双魅惑的狐狸眼。

程肆有些好笑，她装得弱弱地指了指沈嚣，冲女生摇了摇头，意思是，她不敢给。

女生却下巴一扬，挑衅地看着程肆："你是不是也喜欢他啊？你怕我追他，你会输给我？"

说完她瞟了沈嚣一眼，沈嚣已经烦不胜烦，特别是女生问这样的问题。

不管男女，不依不饶时，即便是追求，都会让人觉得像骚扰。

沈嚣转头想发怒，却被程肆拦下。

程肆倒不生气，为女生的大胆自信喝彩，但女生的挑衅有点不顾及他人死活了。她耐心道："你这么漂亮，肯定很多人追你，你应该也喜欢追你时讲礼貌的人吧。"

女生没说话，程肆没有说她不讲礼貌，而是称赞她漂亮之后让她设身处地。

她想起自己曾在酒吧被强行搭讪，心里烦不胜烦，突然有些讪讪的。

她以为自己的漂亮对别人来说是赏光，却在这一刻突然明白，原来自己的行为，和那些她没看上的人一样像骚扰。

沈嚣忍不住弯了弯唇角，他同桌四两拨千斤地帮他挡掉了麻烦。

正在这时，酒吧突然调换了音乐，并放大声音，原来今晚请了歌手上台表演。

程肆不再说什么，朝舞台望去。

趁着间隙，沈嚣略凑近了女生一些，用只有她能听到的声音回答了她刚刚的问题："她不会输给你，因为我不会让她输。"

言下之意再明显不过。

女生瞬间明白了沈嚣的高冷，原来心有所属。

她也爽快，笑了笑说"祝你好运"后，立刻站起身知趣地离开了。

沈嚣坐直身体，陪程肆看着台上歌手唱歌，看着她笑也跟着高兴地笑。

温倾铭难得回家早，发现程肆不在家，打电话给她。

程肆说在"虎口余生"。温倾铭以为她又喝酒了，开始唠叨她。

她无奈地揉了揉额头说，她只是散完步过来喝了杯沙冰，没喝酒。

温倾铭催她早点回去。

于是他们跟傅遇打了个招呼后一起回去了。

回去的路上，沈嚣问程肆，傅遇为什么会在酒吧上班，程肆跟沈嚣讲了下安琥珀和傅遇的故事。沈嚣又问为什么感觉她对这个酒吧更熟，程肆又跟他讲了下温倾铭和安琥珀是同学这层关系。

两人有说有笑地闲聊着走到小区门口。

秦可心刚好从外面回来，透过车窗，看到她儿子和一个女生走在一起。

是上次在电梯里碰到的新同桌，女生在笑眯眯地说着什么，而沈嚣边笑着点头回应边专注地看着女生。车开过去，秦可心仍频频回头看，这是她第一次看到她儿子和女生一起走，而且还是单独在一起，态度这么殷勤。

秦可心没让司机进停车场，而是开到单元门口停下。

她站在树下，看着两人由远及近走过来。自从沈嚚发现了沈天成出轨这件事后，她就一直担心，沈嚚对男女关系会更冷漠。

因为沈嚚从小就是一个比较偏执的完美主义者。

就说他从小不爱接触女生这件事，其实是一件很小的事造成的。小时候，他和一个小女孩约定到某个地方碰面，后来不知道怎么回事，小女孩没去。

沈嚚等了一个下午没有等到人，很失望，从那以后好像就不爱和女孩说话了。

所以现在看到他竟有要好的女生朋友，她觉得挺欣慰。

沈嚚和程肆走到楼下，听到他妈熟悉的声音："嚚嚚。"

"妈，你怎么在这里？"

秦可心站在树荫下，恰好那盏路灯坏了，所以他们都没看到她。

"刚回来。"秦可心从树荫下走出来，笑意盈盈地看着他们。

"阿姨好。"程肆乖巧地冲秦可心打了个招呼。

秦可心点点头，温柔地问道："你们去哪儿了？"

"我们刚去宠物市场了。"沈嚚给她们拉开单元门，让女士先行。

一听这答案，秦可心就知道，她儿子肯定是为了讨这个小同桌高兴去的，毕竟沈嚚可从来没表现过对宠物感兴趣的样子。

"好玩吗？"

"还不错。"沈嚚问她："你不是说晚点回来吗？"

"现在还不够晚啊。"秦可心白他一眼。

三人走到电梯门口，恰巧电梯门打开，温倾铭站在里面。

他刚运动完，看到程肆还没回来，打算下楼去看看。

"舅舅。"程肆喊他。

"我刚准备去接你。"温倾铭看不用出去了，往后退了退，摁住电梯等三人进来。

"你好。"进电梯后，秦可心跟温倾铭点头打招呼，"我是沈嚣的妈妈。"

"哎，你好你好。"温倾铭也客气地说道，"我是程肆的舅舅。"

秦可心笑眯眯地跟温倾铭解释说："两个孩子刚刚出去玩了。不用担心，只要跟我家这个小霸王待在一起，准挨不了欺负。"

温倾铭心里说：不担心，我家这个也挨不了欺负，她不欺负别人就很好了。

但面上还是和善礼貌笑应："我听程肆说了，您儿子在学校很照顾她。"

他转头看沈嚣："谢谢你了，沈嚣同学。"

"应该的，叔叔。"沈嚣在长辈面前，特别是程肆的长辈面前，表现得相当懂事。

但他心里默默地想：其实，应该是我谢谢我同桌，毕竟今晚可是她为我解围呢。

刚回到家，温倾铭就开始打探程肆的行程："你……跟楼上那小子一起去的'虎口余生'？"

"是啊。"程肆毫无隐瞒，"我们班长在'虎口余生'当调酒师，我们去找他玩。"

"什么？"温倾铭一脸莫名其妙，虽然安琥珀做事一向天马行空，但对用学生这么荒唐的事，他还是有些吃惊，"你们班长在'虎口余生'当调酒师？"

"对啊。"程肆边洗漱，边三言两语跟她舅舅讲了下安琥珀和傅遇的故事。

她觉得自己今天晚上像复读机，跟沈嚚复读了一遍，跟舅舅复读了一遍。

沈嚚回到家，秦可心也没放过他，循循善诱地追问："怎么想起来去宠物市场了？"

刚刚程肆在，她不好意思问。

沈嚚懒懒散散地换着鞋："唔……我们去看兔子。"

"她让你陪她去看兔子呀？"秦可心饶有兴趣，想探究探究她儿子为什么改变。

"是我喊她去看的……"沈嚚解释。

"哦哟？"秦可心一脸大惊小怪，"我儿子竟然会约女生出门了！"

沈嚚拿起餐桌上的水喝了几口，停顿了一下跟他妈说："妈，程肆是和她舅舅一起生活的，她爸妈离婚了，她妈妈生病去世了。"

秦可心有些吃惊，没想到程肆家里是这样的情况。

沈嚚接着说道："你以后见了人家不要问东问西，不小心问到人家伤心事让她难受。"

"放心吧，妈懂。"秦可心点了点头，"哎，你是不是喜欢她啊？"

秦可心八卦的眼神瞄着他。

"妈……"沈嚚无奈地拉长声音，想起程肆在酒吧跟莫奈说的话，突然觉得挺好用，他也拿来回秦可心："我们高中生不允许早恋。"

但秦可心可不是那么好对付的，她"啊"的一声白了他一眼："你们高中生还不允许迟到、旷课、打架呢。你听了吗？"

论辩论，沈嚣永远辩不过他妈，所以他快速闪回卧室了。

"臭小子。"秦可心嘀咕了一句，默默地笑了。

她儿子终于像个正常的男生了。之前她还怀疑过，他会不会其实喜欢的是男孩子啊。

现在总算放心了。

第三章

她说了算，
你得学会尊重她的感受

　　李卯卯从关若那里知道了漫展的事，等到了周一早自习，就开始游说周星野跟沈嚣一起去。

　　他敲程肆桌子问："仙女仙女，你打算 cos 谁？"

　　"不知道，看关若安排，我对二次元不太了解。"程肆在专心看书。

　　李卯卯问周星野和沈嚣："老周，嚣宝，你们准备 cos 谁？"

　　周星野："……"

　　沈嚣："……"

　　谁说要去了吗？

　　李卯卯看俩人："不是吧？你们不想去吗？"

　　他翻出手机里存的漂亮女 coser 的照片，举到周星野面前："你看看老周，漫展这么多美女，你不去一饱眼福？"

周星野有些松动："……去看看也不是不行。"

反正他也没去过漫展，也是第一次，图个新鲜。

李卯卯再看向沈嚣："嚣宝嚣宝，你不是有套钢铁侠的盔甲吗，穿到漫展保证帅翻全场。"

他觉得说服沈嚣会比较容易，毕竟他家里那套盔甲太炫酷了，穿出去肯定轰动。

结果沈嚣懒洋洋地打了个哈欠说："想穿你穿，我不穿。"

吃过早饭，沈嚣困得眼睛都有些睁不开了，结果李卯卯一直在这儿聒噪。

"真……的？"李卯卯跃跃欲试。关若跟他说完漫展，他本来还没想到 cos 人物，一听沈嚣这话沸腾了。

"嗯。"沈嚣用鼻音应着他，趴下了。

"那我第一次 cos 钢铁侠，你和老周都去给我捧场。"李卯卯坚持不懈地说服沈嚣去漫展。

沈嚣无语，心说：我再给你颁个奖吧。

不过他已经没有意识张嘴了，很快趴下进入了梦乡。

不知道是不是因为睡前一直听李卯卯在这儿聊漫展的事了，他竟然做了一个很离谱的梦。他梦到程肆 cos 了神奇女侠，而且单手把穿着钢铁侠盔甲的李卯卯举了起来，问沈嚣："你看看给我颁个什么奖？"

他震惊地想了想说："力大无穷奖吧。"

沈嚣醒来的时候，第二节课都快下课了。

他眨了眨眼，迷瞪了一会儿，看了看程肆。她在认真听课，他同桌上课一向专心致志。

他想起梦里给程肆颁的奖，忍不住笑了。他觉得他大概真的被李卯卯天天喊的"仙女霸霸"这个称号催眠了，虽然程肆也确实勇猛无畏，但还没力大无穷到可以单手举起李卯卯。

不过他确实有点好奇，他同桌会 cos 什么。

所以当下了课，李卯卯看到他醒来，又开始磨他"嚣宝去嘛去嘛"时，他点了个头算应下。

"哦吔。"李卯卯开心地欢呼了下，然后又不确定似的问他："那你穿钢铁侠吧？"

"不穿。"

"真的给我穿？"

"嗯。"

李卯卯高兴坏了，冲他飞吻："嚣宝，我就知道，你总会把最好的给我。"

"……"沈嚣一脸嫌弃地伸手抓住他的飞吻，又丢了回去。

"那你们 cos 谁啊？"李卯卯积极地替周星野和沈嚣想角色。

周星野说："有没有一种可能，我们不用 cos 任何人只是参观呢。"

"那不好吧，仙女都 cos 了，大家一起 cos 才好玩嘛，对吧仙女？"李卯卯转向程肆，希望得到她的支持。

但程肆不勉强自己，也更不爱勉强别人，所以她毫不在意地道："随便呀。"

上了两节课她也有些累，趴在桌子上偷懒。

李卯卯叹了口气，去漫展一定要参与才能体会到乐趣。不行，他绝不能让其他两个人置身事外。

他迅速掏出手机拉了一个群，群名叫"帅哥靓女集中营"，把关若、关风、周星野、沈嚣、程肆都拉进了群。

卯了个卯：@雅典若若 国庆我们都陪你去漫展啊，我 cos 钢铁侠。

卯了个卯：@雅典若若　你给仙女霸霸安排 cos 谁啊，能不能给老周和嚣宝也都安排一个啊？

星空下的田野（周星野）：……

霸道总裁（沈嚣）：……

程肆笑了起来，看来不给他们两个安排个角色，李卯卯誓不罢休。

没隔一分钟，远在麓湖的小伙伴上线。

疯子（关风）：关若上课的时候手机一般放宿舍，晚点才会看到。

卯了个卯：好，风兄，你 cos 谁啊？

疯子：你和我换我再告诉你我 cos 谁。

卯了个卯：你不告诉我 cos 谁我怎么跟你换。

疯子：一个很霹雳的人物。

卯了个卯：谁？

疯子：换。

卯了个卯：我不听了，哼。

反正再霹雳也不如他的钢铁侠霹雳。

关若直到上晚自习的时候才回了个"OK"的表情，算是把为沈嚣和周星野准备 cos 服这个事儿应下，然后她问程肆："傅校草去不去？"

程肆说："没问他。"

关若说："确定好人数，我好借服装。"

"行，那我放学问问他。"

傅遇完全不看漫画不玩游戏不看二次元，所以等到下晚自习他们一起回家的时候，他听到漫展还没明白怎么回事。

程肆跟他解释了一下，他才反应过来，但听到还要穿 cos 人物的衣服，傅遇第一个问题是："你也穿吗？"

cos 服在他眼里属于奇装异服的行列，他完全没想过自己会穿这种另类衣服。

"对。"程肆点头，她对新事物接受度挺高，也很愿意去什么场合穿什么衣服，毕竟这样才有仪式感，显得与平日里都不同。

她看出来傅遇对 cos 服有点抗拒，刚想说他不穿也可以。

但傅遇一听她也会穿，立刻毫不犹豫地同意："好，你穿我就穿。"

傅遇对她好像有无限的信任，不管她做什么，他都愿意陪着。

沈嚣在一旁挑了一下眉问傅遇："知道让你穿什么吗，你就这么干脆？"

"什么？"

"让你 cos 一个和尚。"沈嚣瞎编。

傅遇倒没被吓到，反问他："你 cos 什么？"

"我 cos 一个英俊潇洒……的人。"

"你本身不是一个英俊潇洒的人吗？"傅遇反问。

沈嚣："……"

大意了。

傅遇转头问程肆："你 cos 什么呀？"

程肆说："关若还没安排呢。"

"即便她安排了，我也有拒绝的权利。"沈嚣还在垂死挣扎，他怕关若这个古灵精怪的给他弄出个什么惊天地泣鬼神的 cos 服来。

以关若这种浮夸的作风，他完全有理由相信，她设计众人的穿着，大家到漫展后一定是全场最闪光的仔。

程肆笑道："放心吧，我们都有拒绝的权利。"

班上有部分同学在为即将到来的月考努力，有部分同学在为即将到来的国庆假期兴奋。

程肆现在面对放假已经很平静了，她好像在某个节点一夜长大后，便对人生的某些乐趣失去兴趣。相比身边那些无忧无虑的同学，她好像突然成熟许多，比以前变稳重许多，或者说变沉闷许多。

大多数时候，她只想学习、看书、做题。

以程肆平时记得工工整整的笔记来看，沈嚣认为他同桌一定是个学霸。

李卯卯跟周星野也这么认为。所以分考场的时候，李卯卯以前都是祈祷他跟沈嚣分一个考场，这次发现没跟沈嚣分到一个考场，正在捶胸顿足，再往下看，发现跟程肆分在了一个考场，他立刻手舞足蹈起来。

他跟程肆疯狂作揖："仙女霸霸，拜托了拜托了。"

沈嚣和周星野对他这种行径嗤之以鼻。

周星野揶揄他："卯啊，反正你抄不抄都倒数，何必呢。"

李卯卯毫无愧意："起码抄了不会考倒数第一。"

"倒数第一？"程肆有些惊讶，虽然上课的时候，看到李卯卯不是在睡觉、在玩，就是在看侦探小说，但还是没想到李卯卯成绩这么极端。

周星野的揶揄，李卯卯大大咧咧不在乎，但程肆的反应让刚刚还理直气壮的李卯卯瞬间产生了一丝丝羞愧，他不好意思道："成绩有些差，仙女霸霸请多关照。"

程肆问李卯卯："需要我怎么配合？"

结果李卯卯的要求很简单，他说："我只看看选择题就行了。"

程肆无法理解，其他呢？

周星野笑着跟程肆解释："他只要不考倒数第一，考倒数第二都没问题。"

程肆："……"

这有什么区别？

李卯卯一脸羞愤地伸手去堵周星野的嘴，周星野唔唔地挣扎着说："你就说我说的对不对吧？"

李卯卯怒道："你不说话没人把你当哑巴。"

沈嚚无语地看着两个幼稚的人，跟疑惑的程肆解惑："考倒数第一他一定会挨揍，考倒数第二他能边挨揍边跟他爸顶嘴，说好歹不是垫底。"

程肆一时哭笑不得。

第一次月考在国庆假期前匆匆到来，又匆匆结束。

虽然这是高二文理分科后的第一次摸底考试，但重视的学生会重视，不重视的学生依然像以前一样，轻轻松松坐在考场，懒懒散散睡觉。

沈嚚就是那种答完能答的题，安心睡觉的类型。

所以最后一场考完走出考场，他还挺精神。

程肆被考试摧残得有些累，回到座位时，沈嚚递给她一瓶她爱喝的酸奶。

她打开，一口气吸入了一半，才算缓过神来。

李卯卯早就交卷出来，在群里跟关若说半天话了。他跟程肆报告，关若他们国庆只放假三天，明天上午关若带他们去一个工作室挑选服装做准备，然后他们参加二号那天的漫展。

程肆有气无力地嗯了一声，示意听到。

走廊上其他班级放学了的学生，已经开始呼朋引伴，笑着，打闹着。

曲小强等学生全部回到教室后，也很快交代了一些放假注意事项，叮嘱大家好好完成作业，就让大家放学了。

温倾铭早就在学校门口等着了，他知道程肆今天考完，准备带她去吃顿大餐，犒劳一下她。

程肆考完试跟被挖空了一样，每次用完脑她都会感觉特别饥饿。

跟沈嚣傅遇他们告别了一下，她就去找温倾铭的车了。

温倾铭熟悉她的习惯，程肆一上车，先给她塞了袋坚果，让她垫一下。

程肆吃了两口坚果，把椅背调低，靠在椅背上懒洋洋地眯着。

节假日前例行堵车，加上学校离餐厅有点距离，一路车行缓慢，温倾铭跟她有一搭没一搭说着话，程肆眯着眯着就真的睡着了。

到餐厅时，补了一觉的程肆才满血复活。

她下车时跟温倾铭说："舅，我现在饿得想生吞一头牛。"

温倾铭笑她："放心吧，待会儿随便吃，这家新开的自助餐厅味道很不错。"

两人说说笑笑走进餐厅，服务员引他们到位置。

路途中，程肆看到一张熟悉的脸。

是程东来，他带着现在的妻女也在这个自助餐厅吃饭。

像梦境一样，曾经明明陪着她和妈妈吃饭的爸爸，如今和别的人成了恩爱一家。他们也是同样的配置，女儿、妈妈和爸爸。

程肆走到桌边时，程东来正在给他如今的女儿夹菜，温柔地跟她说："茵茵，好吃你就多吃点。"

程东来总觉得对这个小女儿有亏欠。她以前跟着妈妈住在老家，被小朋友嘲笑过无数次没有爸爸。程茵的性格安静、内向、不多话，所以住在一起后，他也逐渐对她产生许多心疼的情绪。

只是他没想到，刚跟小女儿说完话，一抬头看到了大女儿站在面前，他心虚得筷子都差点从手里滑落。

程肆说过她不再认程东来这个爸爸。

但当在餐厅里看到这样父慈女孝的一幕时，心上仍然像被刺了一刀一样，顿时鲜血淋漓。

她喉头有些发紧，这是掉眼泪的前兆。

她拼命地告诫自己，想一些其他事情来克制这突如其来的情绪。

温倾铭不过低头在手机上处理了一眼工作，再抬头就撞见了这样的场面。

他暗叹一声不好，以程肆这种刚烈脾气，他真怕她把整个餐厅掀翻。

他上前手搭在程肆肩上，暗暗用力，希望她镇定一些。

没想到程肆确实只清冷地站在桌边，一动不动。

程东来尴尬地站起来，眼巴巴地瞅着她，亲热地喊："小公主。"

程肆不理他，程东来又冲温倾铭招呼："你们也来吃饭。"

温倾铭当然也不会给他好脸色。

虽然程东来知道温倾铭和程肆并不会同他们一起吃，但他还是热情地邀请他们："坐下一起吃吧？"

程肆一直在控制自己不要发抖，她不想被任何人看出她的委屈和气愤。

曾经，考完试第一时间带她吃饭的，并不是舅舅，而是她亲爱的爸爸程东来。

而如今，他带着另一个女儿招摇过市，眼里对她百般疼爱。

她保持着冷冷的神色，面上冷淡疏离，心里却已是地动天摇。她恨不得冲上去掀翻整张桌子，摔到程东来身上，但她很好地控制住了自己，她没做任何过激的事情。妈妈教导过她，情绪失控只会像疯子一样惹人讨厌，她不是疯子，也不想被程东来气成疯子。

妈妈还说过，自己说过的话，只有自己严格遵循，才会得到别人的尊重。

所以，既然她告诉过程东来以后当陌生人，那她就没有任何立场再去辱骂或指责他。

她静静地，没有说任何话，径直往前走去，像路过一个陌生人一样。

走到位置时，她眼里已有泪水在转，但她强忍着不让它落下，也微微低头不让舅舅看到。

温倾铭怎么会不知道她的难受呢，虽故作成熟，但程肆到底也不过十六七岁。人长大后自然而然地会控制情绪，那是因为经历太多终于百炼成钢，而此刻年少的程肆，纵然想自控，却还是会有些失控。

温倾铭说："我们换个地方。"

程肆的泪水已经弥漫到看不清眼前的餐具，但依然准确地摸到湿巾，缓慢地擦着手，假装一切如常地回答着舅舅："要换，也是他们换。"

温倾铭心疼地看着外甥女，他宁愿看到她大吼大叫，都不愿意看到此刻她隐忍不发的模样。因为他知道，一个人不把坏情绪发泄出来，最后都是郁结于心。

他到现在都觉得，温静懿的病就是郁结于心而恶化的。

他们家人都是如此，为了保持体面，从不与人争执。即便是吃了亏，也寄托于天道好轮回，而不是当场报仇。

他是家里的异类，一向快意恩仇，所以看到程肆如此，霍地站起身："我去赶走他们。"

程肆没料到她舅舅这么冲动，她慌忙叫住他："舅舅，不要管他们，当陌生人。"

　　但温倾铭此刻却像一个叛逆少年一样，卷了卷袖子："他现在在我这里是多看一眼都想揍的人。"

　　说完他冲到了程东来那一桌。

　　程肆："……"

　　程东来有些坐立难安地陪妻女继续吃饭，抬头看到对面的程茵突然紧盯他身后，脸上浮现出紧张的神色。

　　"怎么了？"程东来转过身，就看到温倾铭跟个瘟神似的走了过来。

　　温倾铭走到桌边，从口袋摸出一沓钱张狂地甩到桌子上，仰着头用鼻孔看着一桌人，傲慢地说："你们换个餐厅吃饭。"

　　温倾铭是懂怎么气人的，他和程东来差不多身家，却能大摇大摆出这种"我是大爷，你是哪儿来的土鳖，这点钱够你们去其他餐厅吃十顿好的"的张狂模样来。

　　面对曾经的小舅子的挑衅，程东来维持着一贯的镇定："你这是干吗？"

　　温倾铭直言不讳："侮辱你啊，看不出来吗？"

　　程东来看了他一眼，暗含警告："收起来，好好说话。"

　　温倾铭一把拽住程东来的衬衣领，把坐着的他一下给提了起来，咬牙切齿："让我好好说话，你倒是好好做点人事。你想方设法把我姐气走，现在连我外甥女都不放过吗？"

　　"我没想……"程东说了几个字后，偏头看了一眼远处桌的程肆，坐在窗边，安静而孤独，他心下一痛，不想再说什么，低头小声说："松手，我们走。"

　　"你好好照顾程肆。"他又加了一句。

　　温倾铭松开手，一把推开他："她不愿意看到你，以后不要再出现。"

程东来跌坐在位置上，拉了拉衣领："不管她认不认我，她是我女儿这件事在我心里永远不会改变。"

温倾铭冷哼一声："当不当你女儿，叫不叫你爸爸，是她说了算，你得学会尊重她的感受。"

温倾铭回到位置上时，程东来已经带人离开了。

程肆刚刚看到温倾铭和程东来的拉扯都傻眼了，她没想到她舅舅解决问题的方式这么粗暴，她的眼泪在这场闹剧中很快回流了。

温倾铭说："程肆，你记得，凡事不痛快，只要付得起代价，就可以当场发作，你不必隐忍。必要时候，必要手段。你不需要学你妈教你的淑女那一套。"

程肆点头，欲言又止。

温倾铭斜她一眼："想说什么？"

程肆犹豫了一下，还是决定大胆开口："舅舅，你刚刚真的很幼稚。"

温倾铭嘶哈了一声："怎么说话呢。"

程肆忍不住笑起来："虽然有一点幼稚，但我确实开心多了，谢谢你，舅舅。"

温倾铭心上涌起一股暖流，他知道程肆不难受了，拍拍她的头："去取餐。"

吃饭的时候，温倾铭问程肆，国庆想去哪儿玩一下。

以前假期，温静懿会带她去周边的农家乐玩，安排郊游什么的。

程肆跟他说起，明天和后天要陪关若去漫展的事。

温倾铭问她后面几天怎么安排。

程肆想都没想就说："在家写作业呗，关若他们后天晚上就又上课了，高三没有什么假期。"

言下之意，没有小伙伴陪她玩了，她也不玩。

温倾铭问："可以约你那些新同学出去玩啊。"

"不了吧，我现在只热爱学习。"相比于出去疯跑，她现在更喜欢待在家里。

"那你想出去玩了随时告诉我，我随时安排。"

"好。"

国庆节的早上，程肆依然醒得很早，七点刚睁开眼，就看到"帅哥靓女集中营"有消息在蹦了，是积极的李卯卯。他迫不及待想试他的钢铁侠盔甲了，在那里疯狂艾特沈嚣问他有没有起床。

直到程肆吃完早餐，都没看到沈嚣回复。

昨天晚上，他们已经在群里约好，今天十点去关若朋友的工作室挑服装。

李卯卯先过来沈嚣家里试盔甲，再陪他们一起去工作室。

结果沈嚣一直都没回，打电话也没接。

李卯卯说："奇了个怪，嚣宝的电话从来不可能不接的。"

程肆说："是不是还没睡醒？"

李卯卯说："那也会接电话啊，他从来不关声音，会不会出什么事啊。"

程肆："你会不会有点一惊一乍了。"

李卯卯一边在群里回了个出发，一边私聊程肆。

卯了个卯："仙女，你昨天晚上和嚣宝聊天了吗？"

杧果小丸子："没有啊，我昨天晚上睡得很早。"

卯了个卯："嚣宝昨天晚上很不对劲。"

杜果小丸子："？"

卯了个卯："我们昨天放学不是一起出去玩了嘛，然后又准备吃消夜的时候，嚣宝突然说不吃了要回家了。"

杜果小丸子："为什么？"

卯了个卯："不知道啊，我跟老周都觉得莫名其妙。本来大家高高兴兴的，但他好像突然心情不佳似的。他说不吃，我们就散了。回去后我给他发消息，他也没回我，到现在也没回。你说是不是出什么事了？"

看来李卯卯不是无缘无故担心的，沈嚣这状况确实蛮古怪的。

她问李卯卯："你过来大概多久？"

李卯卯说："半个小时。"

程肆说："你别急，我先上楼看看。"

"啊？"李卯卯不明所以。

程肆说："他家在我家楼上。"

"啊！"李卯卯之前只知道沈嚣跟程肆住在同一小区，所以经常同路，完全不知道他们住楼上楼下。

"好，那拜托仙女了！"这要搁以往，李卯卯肯定又震惊地八卦一下，但现在情况让他无暇分心。

程肆上楼摁门铃，是秦可心给她开的门。

她装扮整齐好像准备出门，程肆礼貌地问她："阿姨，沈嚣在家吗？"

秦可心看到她笑得一脸亲热："在呀在呀，还在睡呢。"

她招呼程肆"你进来坐呀"，然后转身去敲沈嚣的门："嚣嚣，嚣嚣……程肆找你。"

屋里窸窸窣窣有了声音，秦可心转头冲程肆无奈地笑道："这个家伙还在睡懒觉，你们今天要出去玩吗？"

"对，我们几个同学一起约了出门。现在大家都快到了，他还没回消息，所以我上来看看。"

话音刚落，沈嚣卧室的门开了，一股酒味溢了出来。

"哎哟。"站在门口的秦可心在鼻子边呼扇着手，企图扇走这股味道。她嫌弃地问："你这是喝了多少酒啊？"

"没多少。"沈嚣站在门口低垂着眸，闷声道，"打了几盘游戏喝了几杯。"

秦可心侧身往他房间里看了看，一拳捶到他肩膀上娇叱："这还没多少，怪不得你听不到电话！"

沈嚣揉着眼睛，有些歉意地跟程肆说："不好意思，睡过了。"

"没事，卯卯让我上来告诉你，他半个小时就到了。"程肆懒得换鞋，所以站在门口还没进来。

秦可心又客气地招呼她："那你先进来坐坐。"

"不了阿姨，我在楼下等就行。"程肆说完准备转身下楼。

背后的沈嚣却突然喊住她："同桌。"

"嗯？"程肆转头看他。

"你进来吧，我有事跟你说。"沈嚣揉着眼睛。

说完他看着自己妈问："你不是要出门吗？"

秦可心点头："对啊。"

沈嚣看着她没动，秦可心立刻意会："OK，我现在走。"

她偷偷捏了沈嚣一下。

但还是知趣地快速拎了包，跟程肆打招呼说走了："程肆啊，桌上有吃的，你要没吃早饭就坐下一起吃。"

"好。"程肆换鞋走了进来。

秦可心关上门走后，沈嚣指了指餐桌："你先吃点东西，等我下，我洗把脸。"

程肆吃过饭了，但顺从地在餐桌边坐下说："好。"

沈嚣回屋里洗脸的间隙，她无聊地打量着沈嚣家。

刚敲开门她就看清了他家的风格，和她家米色温暖的法式风相反，他家是中式风。整个房子都被实木包裹着，实木打造的墙面与柜子一体成形，木质空间里搭配着古朴的家具。脚下是厚重的地毯，头顶是简约却独特的吊灯，屋里还随处摆放着古董字画。

沈嚣很快洗完脸在她对面坐下。

"怎么了？"她问沈嚣。

洗完脸后，沈嚣并没有变好一些，看起来还是闷闷不乐的。

虽然平时他也总摆着一张酷脸，但程肆能感觉到，他今天明显情绪不佳。

沈嚣喝了口餐桌上的粥，不知道从何说出口。

刚刚突然看到程肆，他鬼使神差地想和她说说话，将昨天晚上憋闷在心中、只能化在酒里的话跟她说说。但现在坐在她面前后，他又不知道从何说出口。

程肆看他欲言又止的样子，知道他肯定碰到什么事了，而且还是比较难说出口的事，所以她换了个轻松的问题问他："你昨晚喝了多少酒啊？"

"七八瓶。"

"……为什么？"

不怪他妈捶他了……

"我昨天晚上……"沈嚣顿了顿，拿着勺子干巴巴地搅动着眼前的茶，"心情不好。"

拐了个弯，仍没说出口。

"发生什么事了？"程肆问。

沈嚚沉默着、犹豫着，很想开口，但话到嘴边，又停了下来。

程肆很明白，时机不到，有些话很难脱口而出。

她耐心地跟沈嚚说："没事，你现在不想说没关系，你随时想说随时找我。"

"嗯。"

沈嚚点了点头，最终还是没有说出口。

程肆指了指桌上的早餐："先吃点东西吧，一会儿卯卯就到了。"

沈嚚拿起筷子问她："你吃了没？"

"吃过了。"

沈嚚沉默地吃着饭，程肆又坐了一会儿，小声跟她心情不好的同桌请示："要不你先吃着？我下楼换下衣服，收拾一下再上来？"

她刚刚上楼来还穿着家居服呢。

沈嚚点头。

程肆收拾完背着小背包上楼时，李卯卯已经到了。

沈嚚把她迎到卧室，李卯卯正在那儿穿着钢铁侠盔甲来回走动呢，看到她兴奋地直喊："仙女仙女，快看我。"

如果不是盔甲活动不方便，估计他这会儿已经载歌载舞了。

程肆看他："很帅，帅翻全场。"

李卯卯笑得像得意忘形的樱木花道："还好我这身材标致，才能穿上这盔甲。"

他缓步移动到程肆面前，举起手啧啧道："你看看咱这手臂，咱这身材，胖一点都穿不进。"

"是。"程肆拉长声音，"你最标致。"

李卯卯嘿嘿一笑，沈嚣闲坐在一旁看李卯卯臭美。李卯卯走到他面前："嚣宝，你到底怎么了，仙女也在，说说啊。"

"没事。"沈嚣抓抓头发有些烦躁。

"没事你喝那么多酒。"李卯卯转身指着桌子上的空酒瓶嘟哝："你肯定哪儿不对劲。"

程肆走上前装作摸盔甲的材质，冲李卯卯摇了摇头，示意他不要再问了，岔开话题问李卯卯："这盔甲怎么带过去啊？"

李卯卯明了地表示接收到信号，边往下拆盔甲边说："对，得找个箱子装过去。"

"有存放的箱子，我明天让司机一起送过去。"沈嚣说。

第四章

衣服再好，
不如关若嘴巧

试完盔甲，三人又在客厅喝了个饮料。

李卯卯知道，嚣宝不想说的话，撬他嘴都没用。

所以他跟程肆一样，像什么都没发生一样，轻松地跟程肆科普着一些二次元知识。

九点半的时候，大家先后到齐。

关若朋友的工作室离江畔小区不远，所以他们一起浩浩荡荡地走过去。

路上关若跟程肆聊天："哎，公主，蒋博文跟我问起你了，他听说你转到江夏了。"

上次那群过来给她镇场的麓湖的朋友，有的和蒋博文关系不错，所以蒋博文很快就听说了。

程肆耸耸肩，不以为意地"哦"了一声。

程肆跟蒋博文同学一年，一直觉得跟他不对付，但奇怪的是，蒋博文和她身边的人关系都不错，不管是关风、关若还是柯乐。所以她即便离开了，还能时不时听到这个名字。

"他问我什么时候去江夏看你。"关若挤眉弄眼。

程肆伸手揪住她的脸捏了捏："把你的表情归位，跟中风似的。"

关若揉了揉脸笑道："看到你恢复了毒舌，我很欣慰。"

"蒋博文和柯乐都到了。"旁边关风看了眼手机，突然冒出一句。

"到哪儿？"程肆问。

关若这才不好意思地根据刚刚铺垫的话继续说下去："都到工作室了，他们先过去等我们。蒋博文知道你会去漫展，非要一起。"

程肆这才明白过来刚刚关若一直提蒋博文的原因，她说："去就去呗，还用你绕着圈子告诉我啊。"

"我不是怕你生气嘛。"关若说，"你又不爱看到他。"

"也没有，我只是不太喜欢听他说话。"程肆说。

蒋博文对她总有一种过多管束的感觉，她跟他又没什么关系。她离开麓湖后，他在QQ上给她留言，语气带着质问："你为什么不告而别？你去哪儿了？什么时候回来？为什么消失这么多天？"

她没心情回他，也懒得理他。

但他每天都会把上课笔记发到她信箱里，一年都没间断。

她没跟关若说这个事儿，她根本就理解不了蒋博文的行为和语言。

关若他们倒挺理解。关若笑着叹了口气："也真是奇了个怪，蒋博文对别人说话都挺彬彬有礼的，每次对你说话确实还蛮呆的，可能这就叫关心则乱吧。"

程肆才不需要他的关心。

他们一到工作室就看到了蒋博文，毕竟以他的颜值，加上混血儿的独特气质，不论站在哪儿都卓尔不群，连关若朋友工作室的一些小姐姐经过时都会回头多看他两眼。

他看到程肆眼里明显有惊喜，但又生生克制住了。

他刚准备开口说话，程肆立马伸出手指竖到嘴边："嘘，不要说话。"

蒋博文可能想到两个人确实很久没见，怕一见面就惹她生气，所以他张了张嘴，就真的又闭上了。

关风、关若和柯乐，平时了解两个人相处模式的人一下就笑喷了。

在他们眼里，蒋博文真的是关心则乱，程肆呢，常常就是这样，不是不让他开口，就是横眉冷对他的问题。

柯乐微微替蒋博文抱屈："公主，你有没有人权啊，人家就是想问候一下你嘛。"

程肆傲娇地冷哼一声没说话。

柯乐也就只有替蒋博文多说一句的胆儿，说完赶紧见好就收，跟程肆周围的傅遇、沈嚣和李卯卯打招呼。蒋博文也跟着他一起打招呼问候。

傅遇微微打量了一下蒋博文，听过几次他的名字，现在终于对上号了。确实是混血帅哥，他淡笑着冲两人点了点头。

沈嚣心情不佳，所以一路都没怎么说话。虽然他平时和大家在一起时也不太说话，但蒋博文和他打招呼时，他连点头致意都没有，就冷淡地看了一眼。

李卯卯本来想说一句"哇，大帅哥"，但想了想他家嚣宝也是大帅哥，就闭嘴了。说不定帅哥和帅哥之间磁场不合，更何况这个混血帅哥一看就对他家仙女有点什么。嚣宝的对手就是他的对手，所以他也只是冲蒋博文点了点头，转头热情地冲柯乐招呼："嗨，热场王，又碰到了。"

说着他俩还击了下掌。

打完招呼，关若轻车熟路地带着大家走到一个特别大的服装间，里面各种服装、道具有序地摆放在一起，应有尽有。

关若回头跟众人说："你们先自己挑想要的风格，我再指导吧。"

她话音刚落，李卯卯和柯乐已经同时冲向一件奥特曼衣服。

柯乐抱着衣服一脸陶醉："啊，我的本命之服！"

李卯卯不舍地摸摸衣服："还好我有钢铁侠盔甲，不然怎么都得跟你一起 cos 奥特曼。"

"你有钢铁侠盔甲？"柯乐突然觉得奥特曼不香了，一脸艳羡。

"哈哈不是我的，是嚣宝的。他不穿，让给我穿。"李卯卯得意有盔甲的语气中，又透露着有沈嚣这个够义气兄弟的骄傲。

"羡慕你，我去试奥特曼。"柯乐取下奥特曼服装，抱着往试衣间去。

关若和关风在服装间的沙发坐下，李卯卯跟在周星野和沈嚣旁边帮他们挑衣服。

程肆从服装间一头开始慢慢看，傅遇跟在她身后，沈嚣漫不经心地跟在傅遇身后，周星野和李卯卯跟在沈嚣身后。蒋博文看了看，走到程肆前面。

边看衣服边问她："你喜欢什么风格？"

程肆刚浏览了几件，还没头绪，回他："不知道。"

蒋博文拉出衣架上一件迪士尼公主裙问："这个怎么样？"

"……"程肆对蒋博文没什么耐心，嘟哝了一句，"你挑你的，别管我。"

"哦。"蒋博文应了声后不说话了，继续跟着她慢慢走。

程肆抬起脚，他立刻往前一步给她让位。

关风和关若在身后沙发上看得咯咯直笑，关风给蒋博文解围："博文，你穿什么？"

"不知道。"蒋博文一脸无奈。

其实之前关若就建议过他穿王子服装了。关若说他的眉眼只适合穿西式的王子服装，所以他才默默地想给程肆挑公主服。

但程肆一副拒之千里的样子，他决定等程肆先定了再挑。

关若说："我都跟你说了蒋博文，你这长相就适合西方童话里的衣服，王子和吸血鬼什么的，你一穿绝对帅翻全场。"

蒋博文还没说话，周星野的眼睛却亮了，他问关若："有吸血鬼的衣服？我喜欢吸血鬼，在哪里？"

关若给他指了指方向，他立刻跑去找了。

蒋博文小声回关若："我再看看。"

李卯卯看到周星野去找吸血鬼衣服，问沈嚣："嚣宝，你想要什么风格？"

说着他拉起王子的衣服问："这个怎么样？"

他不服关若说的蒋博文穿王子衣服帅翻全场，他嚣宝穿王子衣服更帅。

结果沈嚣兴致快快："不怎么样。"

程肆问傅遇："你想找什么风格？"

傅遇说："我先参考一下大家的风格。"

其实他也想看看程肆挑什么再决定，但他肯定不会这么说。

结果程肆转了一圈，眼花缭乱，最后她直接往关若身边一瘫："你给我定。"

关若看傅遇、沈嚣和蒋博文："你们也没找到？"

三人也都看着她点头，傅遇说："你定吧，你比较有经验。"

沈嚣和蒋博文也跟着点了点头。

"行，那让我定可都得听我的呦？"关若挑眉，看着心怀鬼胎的三个人。

傅遇一看她笑得有些古灵精怪，心里直打鼓，他保留地说："你先定程肆的，女生优先。"

关若早就在程肆看的时候看好了。她径直走到民国风的衣架前，从上面取下一件带有珍珠披肩的白色旗袍，举到程肆面前："怎么样？民国大小姐。"

程肆没有尝试过这种类型，但关若替她选好后，她很配合："我去试试。"

她进衣帽间后，关若又从衣架上取下一件军阀制服举到沈嚣面前，沈嚣一脸排斥。

关若小声说："民国大小姐和军阀的爱情，那可是相当多女生喜欢的小说情节。"

沈嚣："……"

是吗？他有些怀疑地看着关若。

蒋博文看沈嚣不愿意，他听到关若的话倒一万个愿意："要不我穿这个？"

沈嚣面无表情地瞅了他一眼，从关若手上劈手夺下衣服冲到了另一个试衣间。

李卯卯跟关风在旁边看得哈哈乐。

关若跟傅遇说："门当户对的清雅大少爷比较适合你。"

　　说着她走到衣架边，有些犹豫帮傅遇拿长袍还是西服套装，傅遇已经走到她旁边，自觉地取下了那套民国少爷的白西服套装："我穿这套吧，比较正常一些。"

　　最后剩下蒋博文一个，他看关若："我穿什么？"

　　关若取下一套华丽的王子服塞给他："跟你说了穿这个。"

　　蒋博文不太愿意。

　　关若痛心疾首地开导他："笨呐，西洋王子对留洋的民国大小姐一见钟情，不远万里来到中国求娶。这不比大少爷和军阀带感？"

　　蒋博文被说中心事，立刻抱着衣服去试衣间了。

　　李卯卯简直要笑晕过去了，他算看明白了，衣服再好，不如关若嘴巧。

　　笑完他问关若和关风："哎，大家都找完了，你们两个穿什么？"

　　关风一脸视死如归。

　　关若从衣架上拿下两件衣服，一白一黄。李卯卯看着衣服想象不出来是什么，他纳闷地问："你穿汉服？关风扮演一个……和尚？"

　　关若神秘地说："你们明天就知道了。"

　　等大家都穿完衣服出来之后，关若挨个看了下，各有特色和贴合之处。

　　周星野自己挑的吸血鬼服装格外衬他，瘦削的身形显得服装格外笔挺，明明戴着冰冷的金丝边眼镜，眼里却又带着温存的笑意，明天再给白皙的皮肤上个吸血鬼妆，完美。

　　而她亲自为他们挑服装的那几个人，更不用说。

　　程肆穿上旗袍妥妥就是民国大小姐既视感。

　　和大小姐有故事感的三位男生，换完装后，傅遇矜贵，沈嚣霸气，蒋博文英俊，气质各有千秋。

"啧啧。"关若都可以想象到他们一起出现时的盛况了。虽然他们的穿着在漫展群魔乱舞的现场不算最另类的，但男帅女靓颜值高啊，这几个人站在一起就有偶像剧那味儿了。

程肆第一次穿旗袍，这个旗袍略微有些贴身，少女身姿若隐若现。但她不是那种保守害羞型的人，毕竟辣妹装都穿过，只是这么穿的话，走路得一小步一小步地迈吧，她怀疑地问关若："确定穿这个？"

关若围着他们四个转来转去，肯定地跟程肆说："好看，真好看，不相信你问他们？"

如果说这三个人里面，谁的服饰和程肆最配，三个人都觉得是自己的。

毕竟先前关若都已经把故事给编出来了。

所以三个人同时点了点头。

这倒弄得程肆有些不好意思，她夸赞三个人："谢谢，你们也很帅。"

程肆没发现自己的衣服和三人有什么牵连，傅遇穿西服倒和她感觉有那么点像兄妹装的样子，都是白色。

她往傅遇身边站了站问："像不像兄妹装？"

"不像。"傅遇一口否认。

"像。"沈嚣跟蒋博文这次倒异口同声，意见统一。

傅遇看了两人一眼，懒得理会。

关若看着这四个人，笑得意味深长，最后拍拍手说："那就这么定了。"

程肆问她："你们穿什么？"

关若给她看了看刚刚给李卯卯看过的衣服。

程肆很迷茫，其他人也很迷茫。

关若笑得一脸狡黠："明天揭晓。"

试完服装，关若又把朋友叫过来，跟她商量明天的妆发问题。

工作室很大，一应俱全。不但有服装，还有化妆师和摄影师。关若跟朋友商量完，安排好了明天给他们调度的化妆师，化妆师过来又跟关若对接了一遍妆容，这件事才算完结。

大家在工作室折腾完出来，时间接近中午。

国庆节第一天的湘城，依旧烈日炎炎。

几个人不想顶着烈日在外面乱跑，索性决定在附近的商场找地方吃饭，吃完饭还能看一场电影。反正放假没事，就一起厮混。

一个上午，傅遇都看出沈嚣不对劲来了。要搁平时，试衣服的时候沈嚣怎么都得开几句玩笑，但他今天除了最后说了个"像"字，其他时间都显得格外安静。

路上他跟李卯卯和周星野一起，走在沈嚣旁边，轻撞了下沈嚣的肩膀问："怎么了？"

沈嚣虽然有些意外傅遇向他投来的关心，但他并没有想说，所以他不满地答非所问："你撞我？"

傅遇看出他心情不好，所以听到沈嚣这句话后，他故意又撞他一下逗他："对，撞你怎么了。"

沈嚣气不过，也朝他肩膀撞去。

傅遇灵敏地闪躲过去，沈嚣不服，立刻追他。在他心情不好的时候惹他，这一下非撞不可了。

李卯卯和周星野目瞪口呆地看着沈嚣的幼稚举动。李卯卯突然意会到沈嚣为什么会和傅遇玩到一起了，这相处模式……跟他和周星野有什么区别……

虽然他和周星野跟沈嚣玩得好，但大多数时候，沈嚣在他们面前很少释放幼稚那一面。他总是格外高冷，虽然偶尔也会参与一下他们的打闹，但他们认识多少年了，沈嚣跟傅遇才认识多久！这熟稔地开玩笑的模样……让他忽然有些心酸。

"有种我的好兄弟突然和别人好了的心酸。"他一把抱住旁边的周星野，心里委委屈屈。

周星野倒很淡然，高深莫测地安慰他："本来跟不同人就会产生不同的化学反应，你身上的物质元素跟傅遇身上的物质元素不同，当然和嚣宝产生的化学反应不同。"

李卯卯："……"

我和你聊兄弟，你和我聊化学？

傅遇和沈嚣一路互撞了几下后，沈嚣占了优势，立马跑到程肆身边躲着。

傅遇过去想撞他，他就围绕着程肆转，让傅遇完全没有施展空间，但看着沈嚣明显开心了一点，他索性不撞了。

程肆知道傅遇是在逗沈嚣开心，所以她也参与了进来。傅遇停了，她趁沈嚣不备，咚地撞了他一下，然后大步跳开笑着喊傅遇："傅遇傅遇，我替你撞到了。"

傅遇眉开眼笑地夸她："还是你厉害。"

沈嚣："……"

忘了他们两个经常一派了。

他不好意思撞程肆，既然程肆那一下是替傅遇撞的，那他直接继续去撞傅遇了。傅遇又被沈嚣追着撵，程肆在旁边哈哈大笑。

众人："……"

这三个人，真的很幼稚哎！

蒋博文一路都走在关风的旁边陪着程肆，但是从在工作室他就看得出来，这两个男生和程肆关系不一般，只是没想到会这么不一般。

程肆对他们，跟对关风、关若一般亲密调皮，一点都不像跟他的相处。

当然，程肆和任何人的相处，都跟他不一样。

他也不明白程肆为什么总是不待见他，程肆说他像个爱说教的老头，可他觉得他都是以关心她为出发点的。

就像刚刚那样，他看到她撞沈嚣，忍不住想跟她说："你一个女孩子这样撞男生很容易把自己撞受伤。"

但他知道程肆肯定又会白他一眼。

好歹她对他跟对别人都不一样。这也代表，他对她来说，是特例吧。

关风、关若也说过，程肆还没对谁像对他这样应激过。

所以之前他将这个想法告诉他们兄妹时，他们两个差点笑断气。

关若拍着他的肩膀说："兄弟，你想法还蛮奇特，我看好你。"

关风说："老外就是老外，神一样的思维。"

"我不是老外。"他不高兴，他出生在中国，在中国跟着外公长大，户籍也是中国，他妈也是中国人，他当然也是中国人。

"不是老外，不是。"关风拍他，"怎么还急了呢。"

然后跟安慰他似的，关风又说："蒋博文，我觉得你挺单纯的。时间久了，程肆也能看出你的优点，也不会再讨厌你。"

"真的吗？"他充满期待地问关风。

"嗯。"关风和关若肯定地点点头。

但现在看着程肆跟傅遇、沈嚣相处融洽，他有些怀疑自己之前的想法。

从今天见面到现在，她根本就不打算跟他聊天。

他有些闷闷不乐。

吃饭的时候，柯乐挨着蒋博文坐，看他情绪低落，猜到原因。

来的路上，蒋博文一直都在跟他问程肆的消息。

结果来之后，程肆根本就不搭理他，还跟傅遇和沈嚣玩得很开心。

他有些同情蒋博文，但也知道程肆的受欢迎程度。她身边的人太多了，无暇顾及蒋博文。

他只能拍拍蒋博文的肩问他："喝酒吗兄弟，陪你喝一口。"

蒋博文摇头，要了瓶冰矿泉水。

到了商场他们才发现，他们的想象太美好了。

他们忘了今天是国庆节，商场里人山人海。他们幸运地来早一步，落座了这家餐厅最后一桌空位。

但订电影票就没那么幸运了，下午场座无虚席。

他们讨论着吃完饭去干吗，最后结论是各回各家，不在外面占用公共资源了，也不给自己添堵。

关若想先回家把作业赶完，免得三号赶不完，回去挨老师骂。关风只能跟着她回去，免得又以没保护妹妹的名头挨父母骂。

李卯卯和周星野想去打场篮球，但沈嚣没什么兴趣，所以两人也作罢。

最后几拨人怎么聚的就怎么散。

关若临别前又强调了一下，明天上午九点就去工作室化妆。大家都点点头，期待明天好好放松一下。

　　程肆跟沈嚣和傅遇一起回去，回去的路上沈嚣心情虽然缓和了一点，但也并没有缓和多少。

　　程肆问傅遇："你今晚在'虎口余生'吗？"

　　傅遇点头："在，节假日晚上都在。"

　　程肆撞了下沈嚣，这次是轻得跟猫挠似的，问他："晚上要不要去喝一杯？"

　　沈嚣知道，程肆这是关心他呢，虽然心情仍旧有些像沼泽般潮湿抑郁，但那一刻程肆的关心仿佛一股无声的暖流，缓缓地侵占着那片沼泽之地。

　　"嗯。"他点头应了下来。

　　傅遇问程肆："你下午写作业吗？"

　　"写啊。"

　　"要不要去店里一起写？"傅遇说，"家里亲戚发了两麻袋柚子过来，爷爷昨天就念叨着让你们一起来吃了。"

　　"好啊。"程肆点头看沈嚣，"你写作业吗？"

　　沈嚣说："我不写作业。"

　　傅遇和程肆以为他不去了，谁知道他停顿了一下说："但可以吃柚子。"

　　于是傅遇和沈嚣陪程肆回去拿了作业，三个人又一起朝"留梦居"走去。

　　傅爷爷看到两个人过来很高兴，立刻就抱出柚子，拿出一次性手套想给他们剥。

　　"爷爷，我们自己剥就好，不能您辛苦，我们偷懒啊。"程肆不想让傅爷爷张罗，从他手里轻轻拖过柚子和手套，转身吧唧丢到沈嚣手里说：

"对吧?"

"……"沈嚣有些好笑,"对。"

真谢谢你嘞。好话让你说,活儿让我做。

傅爷爷拿起桌上那种老式的大蒲扇,笑眯眯地摇着坐了下来看他们:"行行,你们自己剥。"

他们一起洗了手,傅遇从厨房拿了一个干净的水果盘出来,也拿着一个柚子剥起来。

程肆也想参与,傅遇却拦住她:"你等着吃就好了。"

"那不好吧?"虽然傅遇的安排正中下怀,但她还是假装客套了一下。

"有多不好能让你这么眉开眼笑。"沈嚣揶揄她,他发现不管他心情多不好,但看着程肆总容易放轻松下来。

程肆哈哈大笑,躺在傅爷爷的摇椅上光明正大地偷懒去了。

很快傅遇和沈嚣就把柚子剥完了,把果肉都放进盘子里。

沈嚣刚脱下手套,傅遇已经端着盘子送到了程肆面前:"尝尝。"

沈嚣:"……"

就你体贴就你温柔就你会献殷勤?我是没手不会端盘子?需要你给我同桌端吗?

程肆吃了一口赞赏:"哇,这个柚子很好吃哎,是我喜欢吃的酸甜口味,而且一点也不涩。"

"是吧。"傅遇也拿起一块认真品尝起来。

其实他平时吃东西不会那么注意细嚼慢咽地品尝。

"嗯。"程肆点头,"我不喜欢吃纯甜的柚子,偏爱这种酸甜味的。"

傅爷爷从老花镜里看了一眼躺在摇椅上吃得津津有味的程肆,笑了笑。小姑娘性格好,又会品东西,说话也爽快,很讨人喜欢。透过她,他仿佛看到很多年前另一个人的身影。

想起她，他有些惆怅，转眼他们已至暮年。当年分开后，他再也没有见过她了，而现在竟然在这三个小孩身上，他怀念起曾经年少的自己和身边的人来。

等程肆吃完一块又拿了一块，傅遇才把盘子递到沈嚣面前。

沈嚣拿起一块塞嘴里，一边不爽，一边也因为程肆的话细品起来。

傅遇没有给爷爷递，因为爷爷牙不太好，从来不吃酸甜类的水果。

吃完柚子，傅遇和程肆坐在爷爷练字的书桌边，开始各据一方写作业。爷爷去后面房间休息了，留他们三个在前面看店。午后基本没人来书店，沈嚣霸占了程肆刚刚躺过的摇椅。

程肆问他："你不会打算躺一个下午吧？"

沈嚣摇着摇椅，思考了一下。

傅遇看他一眼："旁边有个网吧，你不是喜欢打游戏嘛，可以去打游戏。"

沈嚣的不爽已经达到了顶点："谁说我喜欢打游戏？"

"不然呢。"傅遇写着作业，头都没抬，"难道你喜欢写作业？"

"……"

沈嚣一下被噎到了，恨不得把这个人扔出去。

程肆偷笑，傅遇这口气，明显的激将法啊。

果然，沈嚣又在躺椅上躺了两分钟后，还是气不过刚刚被傅遇噎了一下。

他突然冷哼一声，愤愤地表达出不满，从躺椅上弹起来，走到程肆旁边，捞起她的数学作业，又跟她借了一支笔和一个本子说："对，我喜欢写作业。"

傅遇看了一眼他拿的书："这门课你不学都满分吧，何必做这些对自己来说轻而易举的事呢。"

程肆有些惊讶，虽然她猜出来沈嚣数学好，但没想到这么好。

"需要我教教你吗？"沈嚣看傅遇，语气里的笑意掩饰不住，其他科他不敢打包票，但数学这一科，他目前完全没对手。

傅遇看了眼臭屁的沈嚣，指了指五号书架："那里有你能写的，去挑本吧。"

沈嚣站起身，走到书架边。

突然有些回过神来，傅遇这是故意激他学习呢？

他又看了傅遇一眼，想起中午他的那句关心，跟刚刚激他学习这个事，都令他有些意外。

这个人虽然平时总显得有些装，让人看不顺眼，但好像人还凑合？

三人写作业一直写到五点。程肆站起身伸了伸懒腰，沈嚣也揉了下眼睛，在学校上课都没这么专心过，真服了。

他一开始抽了本题库有一搭没一搭看着，后来看其他两个人都很认真，他也不由自主专心起来。

李卯卯他们要知道他大周末坐在那儿老老实实看书，估计会目瞪口呆。

其实他平时一个人待着时，也会没事刷个题库什么的，只是他和大家在一起时从不学习，所以显得有些不学无术。

傅爷爷留他们吃晚饭，家里都发了消息等他们回去吃，所以两个人起身礼貌地跟傅爷爷告辞："谢谢爷爷，家里有饭，我们下次再来。"

"好。"傅爷爷乐呵呵地跟他们告别完，准备去后面做饭。

傅遇说："爷爷你坐着吧，我来。"

傅爷爷倒也不娇惯傅遇，利索地答应："行，下个面简单吃点就行。"

"嗯。"傅遇收拾了下课本，应声往屋后走去。

他揉了揉脖颈，低头久了有些累。趁烧水的空当，他在院子里做广播体操。

今天是他第一次和同学一起写作业，确切地说，是和女生一起写作业。

程肆挺强的，做题速度也很快。

虽然结束时，两个人完成度旗鼓相当，但程肆写英语作业时的速度明显比他快。

傅遇边跳广播体操，边咧了咧嘴，无声地笑了笑。

他觉得挺有意思，学习对他来说本身不是一件难事，但现在因为程肆的加入，好像变得更有趣了，他劲头也更足了。

沈嚣回到家时，他妈已经回来了。

秦可心换了一套比较休闲的家居服，坐在餐桌边优雅地吃着燕窝。

秦可心现在即使四十多岁了，依然保养得很好，和沈嚣一起出去，偶尔别人还会误以为她只是姐姐。

在沈嚣心里，秦可心的位置高于他爹沈天成。他和沈天成相处的时间很少，从小他就知道爸爸是一个大忙人，妈妈也有工作，也会忙，但工作和家庭，却总是想方设法兼顾。

他在爷爷奶奶身边长大，但小时候经常生病的那段时期，常常是他妈不辞辛苦地照顾着他。有次他从病床上醒来，看到妈妈还趴在旁边整理工作，他那时觉得妈妈好辛苦，又要帮爸爸，又要带他，还要照顾爷爷奶奶、外公外婆。

他那时刚醒来，自己还病得小脸苍白，却心疼地摸着他妈妈的脸说："妈妈，我好好吃饭，快点长大。我给你分担工作，你就不会那么辛苦了。"

当时秦可心眼眶就湿润了，明明自己没有给沈嚣足够的陪伴，但儿子却那么懂事、那么暖心。

这些沈嚣完全没有印象，都是长大后，秦可心说给他听的。

他长大后，秦可心时不时还会揉他的头："儿子，来给妈说句贴心话，给妈力量。"

但现在的沈嚣明显已经不像小时候那么可爱了，每次都极度应付："加油。"

秦可心不高兴，会冷哼一声。

每当这时沈嚣才会笑，会再体贴地说出她想听的话："我妈这么厉害，世界上哪里有难倒你的事啊。"

秦可心听了会挺高兴，高兴之余也会有点感慨。在儿子心里，妈妈是超人般强大的存在。

可是她还是喜欢这个臭小子在小时候甜甜地跟她说："妈妈，我长大了变成超人保护你。"

一眨眼他就长这么大了，也确实会不动声色地保护着她，只是不会再说那些甜甜的话了。

那些甜甜的话只会留给他以后的女朋友了。

秦可心看着沈嚣，想起这些过往。

大概呆愣的时间略微长了那么点，沈嚣不明所以，摸摸脸："我脸上有什么？"

秦可心轻咳一声，回过神来："有帅啊。"

沈嚣："……"

秦可心吃完燕窝，放下勺子，优雅地抚了抚头发，紧跟着又感慨地补了一句："哎，我可真会生，把我儿子生这么帅。"

沈嚣："……"

说来说去还是夸自己。

"对了儿子，"秦可心突然想起来今天有个朋友问她的话，她问沈嚣，"你对娱乐圈感不感兴趣，你有个阿姨开经纪公司，你初三的时候我带你见过她记得不，她问你要不要签约她们公司出道。"

沈嚣有点印象，前年见那个阿姨时，阿姨一直拉着他的手跟秦可心说："您儿子真帅啊，能不能当练习生出道啊。"

他边吃饭边头也不抬地说："没兴趣。"

"嗯，行吧。"秦可心也不是很把这件事放在心上，她就随口问问。反正在她心里，她儿子哪儿哪儿都好，既能靠脸吃饭，也能靠脑子吃饭，她一点都不担心。

"你们今天去哪儿玩了？玩得开心吗？"秦可心好奇地问道。

"没去哪儿。"沈嚣不想说话，低着头专心吃饭。

"没去哪儿是去哪儿？"秦可心发现儿子的不正常，沈嚣从小到大回到家，她都会问他开不开心。

沈嚣小时候都会事无巨细地跟她讲一遍，长大后冷淡许多，但也会大概交代两句具体事项。

但今天，有点反常。

第五章

我更希望她快乐

秦可心有些担心："儿子，你是不是有什么不高兴的事啊？"

沈嚣扒了两口饭，停顿了一下，小声说："没有。"

然后又隔了几秒，怕秦可心担心，简单说了今天的行程："我们上午去一个工作室试衣服，下午在一个同学家写作业了。"

沈嚣说的事，秦可心都很吃惊，去同学家写作业这件事，前所未有啊。

沈嚣不想让她多想，所以跟她说了下漫展的事。

秦可心以为他是去程肆家写作业了，结果沈嚣说不是，是去班长家。

这让秦可心更吃惊了："班长？"

她了解沈嚣，他身边以前最好的朋友只有卯卯和星野，其他也有，但都是那种跟他差不多，不太遵守纪律的类型，从没听说过他会和班干

部类型的人玩在一起。估计她要是知道沈嚣还是班上的纪律委员的事，
会大跌眼镜。

"嗯，我和程肆一起去的。"沈嚣简要回答。

秦可心听到这个答案才没那么吃惊。反正只要有程肆在，那么一切
让她吃惊的事都能合理化。

她看出来程肆对沈嚣的特殊了。

吃完饭后，沈嚣问他妈："妈，你晚上出去吗？"

秦可心说："不出去啊，陪你。"

"别，我出去。"沈嚣顿了一下。

"去哪儿？"

"我跟程肆去找班长玩。"

"你们不是下午才在一起吗？"

"下午光写作业了，晚上我们去……喝点东西。"沈嚣说。

虽然"虎口余生"是酒吧，但他们确实是去喝饮料的。

"行吧行吧，好不容易放个假，你们去好好玩吧，早点回来。"秦可
心说。

"好。"

沈嚣出门的时候，秦可心也跟他一起出门。

"你不是不出门吗？"沈嚣问她。

秦可心瞪他："你不在家陪我，我出去找朋友玩。"

程肆回家吃饭，温倾铭难得在家陪她一起吃饭，他以前节假日也会
陪客户。

这次估计客户也要陪家人吧，所以舅舅难得闲在家里。

她跟舅舅说吃完饭去"虎口余生"。

温倾铭有些不满："给你转学倒方便你去'虎口余生'了。"

"那你不应该放心嘛，这么安全。"

"哪有什么绝对安全。"温倾铭挑眉，"又和楼上那小子一起去？"

"嗯。"

温倾铭知道下午程肆跟沈嚣都在傅遇家写作业，所以现在说出去喝饮料，他倒也没多说什么。

程肆以前也天天跟关风关若同进同出，但和那两人都是青梅竹马一起长大的，而且关若是女孩子。

现在天天跟两个男孩子在一起，他有些不太放心。

所以，程肆前脚跟沈嚣出门，他后脚也出去了。

沈嚣跟程肆到"虎口余生"时，傅遇刚上班，本着安慰沈嚣的目的来的。

所以一坐下，程肆就跟他说："我不喝，你放心喝，你喝高了我跟傅遇把你送回去。"

想着沈嚣在家一个人喝了七八瓶啤酒的情形，程肆想着，今晚怎么他都得喝几杯。

结果沈嚣翻了翻酒水单，点了一杯："蜜桃撞西柚。"

程肆：？

沈嚣看着她疑惑的样子，莞尔一笑说："你想喝放心喝，我不喝。"

"现在给你喝酒的机会怎么不喝了？"程肆不理解。

沈嚣不语。

他跟李卯卯他们在一起时当然会喝，但跟程肆不一样，他得随时保持清醒以保证她的安全。

程肆本来是想着，喝点东西好说心事，但看沈嚣一副坚定的样子，她也不勉强了。

傅遇问程肆喝什么，是不是还是么么酒肆。

沈嚣有些好奇："么么酒肆是什么？"

"一款鸡尾酒。"程肆答，然后跟傅遇说："算了，我舅舅对我频繁来'虎口余生'不太满意，我不能再喝酒了，给我来杯饮料吧。"

"喝哪个？"傅遇问。

"你帮我选个？"

傅遇问她："你爱吃青提吗？"

"青提红提都喜欢。"

"我最近跟师傅在学调饮品，新调了一款青提味的，刚好是你喜欢的酸甜口味，要不要试试？"

"哎？"程肆有些惊奇，"你自己调的？"

傅遇点头："嗯。师傅说还不错，但因为还没想好取什么名字，所以还没上菜单。"

"哇，那一定要试试。"程肆捧场地欢呼。

沈嚣觉得程肆隐隐有些吃货潜质，一听到吃喝就会兴致勃勃。

傅遇转身去调酒的空当，沈嚣跟程肆两个人在吧台桌捞起酒吧准备的喝酒助兴小玩具玩。

张大嘴巴的鳄鱼，不知道机关在哪颗牙齿上，不小心摁下会被鳄鱼咬到手指。

虽然很幼稚，但在特定的环境下，两个人也玩得兴趣盎然。

傅遇调完饮料送过来时，看到两个人在那儿幼稚地玩鳄鱼，以为他们会晚点再喝，所以他把饮料轻轻放在了两人旁边。

程肆却停下游戏抬起头，端起饮料迫不及待地尝了一口。

青提酸甜的味道很淡，入口又有点微微清凉的薄荷感，顺着喉咙咽下，有种盛夏太阳当空时，一头扎入湖水中的那种静谧感觉。

"好喝。"程肆眯起眼，很满意这杯青提饮料的口味。

傅遇看着女生确实喜欢的模样舒了口气，说："刚好，你喜欢的话，要不你给它取个名字？"

"好啊。"程肆干脆地答应了，又吸了一口，想了一下："青提……白月光怎么样？"

"青提白月光？"傅遇重复了一遍，笑眯眯地肯定道，"这个名字好哎。"

白月光在文学里因为张爱玲的描绘，又有另一重意思。

程肆开玩笑道："以后你再调一款饮料的话，刚好还可以叫'××朱砂痣'。"

傅遇点头："好主意。"

程肆以为傅遇在开玩笑，没想到他却认真地问起她："你觉得哪款水果做朱砂痣的主料好？"

"真做啊？"程肆有些意外。

"不一定能做出来，但是我可以试试。"

程肆想了想说："荔枝吧，荔枝的甜美也配得上朱砂这两个字。"

"好。"傅遇认真地点了点头。

傅遇去给其他客人调酒了。

沈器却因为程肆刚刚取的饮料名字，也想起那句著名的句子。他很早就知道那句话了，发现沈天成找小三的时候，他妈和闺蜜打电话说过，因为沈天成找的小三长得像他曾经的初恋。

那时他妈妈很伤心，他站在门口，看着他妈妈泪流满面，他也难受得厉害。

他突然想起，他妈一开始并不是大度的，她曾伤心欲绝过，只是在他大闹一场后才变的。

因为他闹过之后大病一场，高烧不退，秦可心抱着他哭得伤心欲绝。沈嚣还记得她抱着年少的自己说："嚣嚣，你一定不能有任何事，你要是有什么事，妈妈也活不下去了。"

沈嚣好了后，秦可心对待沈天成的事情突然就转变了态度，她开始变得冷淡。

又不知道过了多久，慢慢地，她好像又恢复了一些以前的开朗。

沈嚣对这些时间界限都比较模糊，他一直以为是她想通了。

直到昨天晚上，他看到秦可心和一个年轻的男性走在一起，手牵手在逛街。

她的穿着和平时截然不同，工装裤和背心，平日里缩起来的头发放了下来，烫成大波浪，像一个年轻漂亮的姐姐，完全看不出她有一个他这么大的孩子。

她身旁那个年轻男子，是他非常熟悉的人。

他初中的家教老师，在某大学任教。直到现在，他有不会的问题还会请教他。

他们在一起很开心，他默默地跟了他们一路。

看到他们就像普通情侣一样逛街，买小吃，玩游戏，最后回到了大学附近的公寓。他在公寓外站了一会儿，他妈妈又恢复平日的模样走了出来，像午夜的灰姑娘。

只不过他妈妈不是灰姑娘，她平日里是无所不能的超人，只有变身后，她好像才像正常的小女孩一样，被人小心地呵护着。

虽然那个形象他很陌生。

程肆看着沈嚣又走神沉默，也不说话，静静地喝着自己的饮料。

"我看到我妈和她男朋友了。"沈嚣摆弄了会儿饮料吸管，忽然跟程肆开口道。

说来他和程肆认识的时间很短，但很奇怪，他对她有种莫名的信任感和倾诉欲。

程肆愣了一下突然反应过来，沈爸爸早在外面有人了，此刻他说的妈妈的男朋友……

程肆心里好奇的雷达猛烈晃动起来，她的第一反应不是同情沈嚣，也不是任何对婚外情的反感，而是莫名地好奇和期待，甚至在那一刻已经想好了如何规劝沈嚣接受。

因为她曾在她妈妈和程东来离婚后，无数次期待她妈妈开启自己的新人生，寻找到合适的新人。

她觉得她妈妈那么漂亮那么优秀，凭什么要受这样的苦。

可温静懿经此一婚，已经心灰。

所以此刻听到沈嚣妈妈的转折，她突然把她当作另一个温静懿一样，想看看另一种可能。

她此刻甚至有些想在心里给沈妈妈鼓个掌。

但她不敢说，她只能压抑住一切好奇，喝了口饮料，选择了一个最保守的问题问沈嚣："他们在一起快乐吗？"

沈嚣其实说完这句话就不知道如何往下说了，但程肆好像非常人思维，他完全没料到她会问出这样的问题，是那种可以精准引导他说出内心想法的问题。

沈嚣顺着她的话点了点头，肯定道："快乐。那种快乐和平时我所看到的不一样。"

沈嚣顿了顿又说:"而且,我跟着他们的时候,有种很奇怪的感觉,好像我穿越回了某个阶段,那个阶段我妈妈很年轻,在过着我没见过的生活。"

他一开始看到是震惊受伤的,他像遭遇了他爸的背叛后,现在再度遭到了他妈的背叛。可是后来他不由自主地跟着他们,一路傻傻地看着秦可心仿佛是他不认识的人,他心里突然生出一种莫名其妙的难受。

像空间错乱,像突然穿越,他的妈妈突然不是他妈妈了。

可是他一路看着她很快乐很自由的那种蓬勃感,又有一种伤怀的释然和心疼。

程肆听着沈嚣的描述,心头一动,她想象着自己如果也碰到温静懿有这样的场景该多好,她说:"好羡慕你哦。"

沈嚣再次被程肆的回话震撼到:"为什么?"

"羡慕你看到你妈妈的另一面,羡慕你妈妈没有抑郁,羡慕她有了另一种可能性。"程肆眼神暗了暗,"当我知道我爸爸出轨时,其实我也曾希望我妈妈能够像你妈妈这样,不要哑忍,去寻找下一个会爱她的人。"

沈嚣想了想说:"那你不担心她和别人再成立新的家庭,而你以后就没有家了?"

程肆摇头:"我更希望她快乐,而且我相信她在,我的家就在,并不是以她成立不成立新家庭而划分我有没有家这件事。"

程肆转过头看他:"你会有这种担心吗?"

"曾有这样的念头滑过。"沈嚣不否认自己的狭隘,"但后来还是想通了,我也更希望她快乐。"

"那你为什么难受?"

"不是难受,而是一时不知道怎么接受。"沈嚣拿着吸管戳着饮料底下的沙冰，"她男朋友是我以前的家教。"

"那又如何，他只是你妈选择的一个伴侣而已。"程肆说，"反正母爱不会变，其他无论如何变，那都是他们的人生。"

沈嚣若有所思地点了点头。

他突然有些庆幸跟程肆讲这件事了。如果没有讲出来，这件事或许还要困扰他一段时间，而讲给程肆，像是找对了倾诉对象。他发现程肆的想法和许多人都不一样，她对人生有种自由的豁达感。

原来这就是困扰沈嚣的问题，程肆听完放下心来。虽然他们快成年了，但在生命的长河里看，他们此时的年龄还太小，根本负担不了任何重载。他们唯一能做好的就是，按部就班过好自己的人生罢了。

这是她舅舅跟她说过的话。

和程肆说完这件事，沈嚣心里好像一刹那舒服多了。

因为程肆不同于常人的开阔理解，因为她和他相似的家庭经历，她会感同身受。

他低声说："这个事，不要告诉其他人。"

他可以跟程肆无话不说，却不能和其他人无话不说。这些其他人包括了傅遇，还有很亲密的卯卯和老周。

程肆郑重点头："放心吧。"

"来杯么么酒肆。"熟悉的男声在耳边响起时，程肆惊愕地回过头："舅舅？"

温倾铭若无其事地从她身后走过来，冲她点了点头，坐在了她旁边。

"你怎么来了？"程肆问。

"路过进来喝一杯。"

程肆撇撇嘴："不会是来盯我的吧？"

温倾铭敲她脑袋一下："我不能过来看看老同学？你琥珀姐不在吗？"

"她在不在，你发消息一问不就知道了。"程肆哼哼道，她舅的意图太明显了。

温倾铭没有回她，跟旁边的沈嚣打招呼："沈嚣同学，你好。"

"叔叔好。"沈嚣跟温倾铭见过几次后，招呼已经打得很熟练了。

"你也叫我舅舅好了。"温倾铭反倒还没习惯他喊叔叔。

啊？沈嚣看程肆一眼……能叫吗？

程肆不以为意地附和道："对，我身边朋友都跟我一样喊舅舅，你也喊舅舅吧，喊叔叔别扭。"

"舅舅好。"沈嚣从善如流。

温倾铭往吧台看了看，傅遇在给他调制么么酒肆。

他下巴冲傅遇扬了扬，问程肆："这是你们班长？"

"是啊。"

温倾铭狐疑地看了看傅遇，又看看沈嚣。虽然沈嚣长得狂浪不羁的样子，但看起来挺阳光一小孩，作为班长的傅遇反倒看起来很冷酷的样子，加上在酒吧的穿着打扮，一整个坏小子形象嘛。

程肆明白她舅的意思，解释道："人家平时不这么穿，穿得挺像班长的，这不在酒吧嘛。"

傅遇把调好的鸡尾酒送过来时，程肆给他介绍温倾铭："傅遇，我舅舅。"

傅遇恭敬地把酒放在了温倾铭面前，并附带了一个开朗的笑容："舅舅好。"

一旁的沈嚣听到这么上道的称呼，突然觉得自己有点呆。

温倾铭看到傅遇笑，感受到班长气质了。傅遇笑起来有少年独有的内敛和腼腆，确实像老师愿意托付重任的班长人选，而且问完好，立刻主动自报家门："我是程肆的同学傅遇。"

温倾铭赞赏地看了看他："你好，傅遇。"

因为还有其他客人的酒水要调，所以傅遇跟温倾铭礼貌周到地说："舅舅你们聊，还有什么想喝的再叫我，我先去把其他客人的酒调出来。"

温倾铭和善道："去吧。"

他看出来了，傅遇调酒的手法很熟练，而且老曾不在，看来相当放心傅遇了。

"老曾呢？"温倾铭问程肆。

"他好像一般十点左右才会过来替傅遇。"

温倾铭看了下手表，九点多，他问："你们打算在这里待多久？等傅遇一起下班？"

原来不知不觉已经一个多小时过去了，程肆摇头："不用。"

主要是为了安慰沈嚣来的，她看了看沈嚣。

倾吐完心事，又得到了程肆别样安慰后，沈嚣心情已经恢复如初，所以他轻松地说："我都行。"

程肆转头讨好地跟温倾铭说："你喝完我们一起回去？"

温倾铭轻哼，算你懂事。

第二天早上六点多，关若就开始在群里摇人起床。

他们离得远的都起得早一些，程肆七点才起。

洗漱完，看到沈嚣发消息喊她一起下楼吃早餐。

吃早餐的时候，傅遇又跟他们会合，三人吃完一起去了工作室。

关若他们已经在化妆了，因为女生妆发更繁复一些，所以程肆一到，本来刚坐下的蒋博文立刻站起身让程肆优先。

程肆也没跟他客气，去换了衣服，心安理得地坐下了。

李卯卯不用化妆，喊着沈嚣上游戏。

傅遇带了一本书在看。

蒋博文走过去瞟了一眼，有些吃惊："你在学大学课程？"

"闲看一下。"傅遇轻声答了一句，头也没抬。

程肆见怪不怪，她早在傅遇桌上看到过不属于高中的课本，爱学习的人必然学得更多更快。

蒋博文也是学霸，考试常常名列前茅，但进度显然没有傅遇快。

此刻看到傅遇跟个世外高人似的，身上有种悠然自得的从容，蒋博文上次见了傅遇和沈嚣后，就有些莫名地泄气。

他总想靠近程肆一些，但上次之后，他觉得，自己好像以后都没有机会靠近了。

他在旁边沙发上坐下，关风拍了拍他的肩，柯乐说："我们也开盘游戏吧。"

蒋博文摇了摇头："你们玩。"

周星野最先化完妆，一头银色的假发将他的吸血鬼伯爵造型衬托得惊艳又贵气。他好像很懂自己的特点，还找了吸血鬼的尖耳朵和尖尖的假牙贴片。

李卯卯围着他转："卧槽，老周，我第一次发现你好像也挺帅的，这造型，啧啧，贵族风范啊。"

要搁平时，周星野怎么都得跟李卯卯斗几句嘴。

但今天只是淡淡地看了看他，像一个真正的吸血鬼伯爵似的，一只手轻轻地摩挲着下巴，望着他若有所思，一字一顿："你的血……好像很不错。"

　　说着，他伸出手优雅地朝李卯卯的脖子摸去。

　　"我去。"李卯卯一个箭步躲在了沈嚣身后摇头，"不好喝，我的血不好喝，嚣宝的血好喝。"

　　周星野冲沈嚣摊摊手，挑拨道："你看，好兄弟就这么把你卖了。"

　　"那不是。"李卯卯振振有词，"我谅你不会吸嚣宝的血才这么说的。"

　　沈嚣缓慢捏上李卯卯的脖子，面无表情道："还是吸你的血最好。"

　　说着把他朝周星野一推，周星野一把抓住李卯卯，李卯卯在那里假装拼命挣扎。

　　大家哈哈大笑，有戏精在的场合永远不会冷场。

　　关风顶替了周星野的位置做造型，柯乐观察着关风穿的 cos 服，在旁边问东问西："你得剃个光头，还是戴个头套？和尚不用化妆吧？"

　　关风无力挣扎后已经心淡如水了，他心平气和地跟柯乐说："神仙的世界你不懂，等着看小爷霹雳登场吧。"

　　关风的话引起大家的好奇，所以他做造型时，大家时不时还会抬眼看下他。当他化完妖娆的烟熏眼线，柯乐没忍住笑出声，说："我知道了，你 cos 一个爱蹦迪的和尚。"

　　大家也都被关风的眼线震住了，默默笑了起来。

　　程肆和关若的造型差不多同一时间完成。

　　化完程肆，化妆师都忍不住惊艳："太好看了，妥妥的民国千金大小姐。"

　　程肆终于熬完妆发，立刻解脱般站起身，原地活动了一下，跟大家展示，问："怎么样？"

　　和化妆师一样，那一刻每个人眼里都有不同程度的惊艳。

大家都知道程肆好看，但妆后的她又格外不一样。斜戴一顶白色蕾丝羽毛小礼帽，大鬈发，五官因为妆感又放大加深了许多，整个人有种艳光四射的娇媚，优雅的旗袍在她身上如同量身定制般妥帖。

蒋博文想起他跟外公练过的那些书法里，"花容月貌"四个字，真真就是眼前人这样。

可是他性格一向别扭，所以匆匆看了一眼就有些不自在地转头看向别处，只简单说了两个字："不错。"

傅遇和他恰恰相反，虽然他从来没有夸赞过女生的容貌，但他从不吝啬对程肆的夸奖，他有些不好意思，却直白地告诉程肆："特别惊艳，特别好看。"

他拿着书敲了一下手掌心，缓缓吟出一句诗词："远而望之，皎若太阳升朝霞；迫而察之，灼若芙蕖出绿波。"

傅遇已经换好了服装，洁白的西服套装穿在他身上，犹如一位古典风雅贵公子。所以当他吟出这句诗时，没有人觉得有任何不合时宜。他的语气和神色，也都是干净坦荡的欣赏，没有半分浮夸。

他和程肆站在那里，在众人眼里，男才女貌，好一对绝色璧人。

"秀啊。"关若背这课文时被折磨得不轻，没想到有一天听到有人在身边运用自如、恰如其分，秀她一脸。

程肆也没料到傅遇夸得这么引经据典，她跟大家闺秀一样，拿着折扇掩着嘴角笑弯了腰，假装羞涩地回道："先生谬赞。"

搁平时，沈嚣绝对会说傅遇狗腿，但这次沈嚣完全赞同傅遇，他同桌确实无与伦比地好看，他只恨傅遇这词不是自己说的。

关若在一旁看热闹不嫌事大，问沈嚣："沈嚣，怎么样？"

沈嚣双手插兜，笑望着程肆，挑了一下眉。

程肆也学他挑了一下眉，一仰头："什么意思？"

沈嚣一本正经："这不得想一句惊天动地的夸赞。"

程肆被他逗乐。

李卯卯笑沈嚣："嚣宝，别想了，直接夸，人见人爱，花见花开，车见车爆胎。"

沈嚣斜他一眼："没文化，爷得夸个新意出来。"

也没人让他夸出新意，这跟谁比新意呢，不言而喻。这奇怪的胜负欲。

众人好整以暇地看着他，倒要看看他能夸出个什么新意来。

沈嚣也不怯，敲了一下脑袋，颇有些指点江山的傲娇样，慢悠悠地吐出一句英文："One shade the more, one ray the less, had half impair'd the nameless grace."（增一分阴暗或少一丝光明，都会损害这难言的美。）

"哇……"众人一片起哄，谁都没料到沈嚣真正儿八经地整出一句。

李卯卯："麻了麻了……"

这是他的嚣宝吗？

虽然他没明白什么意思，但他被这个回答给震住了，他家嚣宝上大分。

他说："快翻译一下嚣宝，这是什么意思。"

沈嚣只是淡笑，还好他急中生智想出这么一句来。之前去国外旅游时，在一个花园看过的一句话，众人的反应让他很满意。

程肆都震住了，不是震惊沈嚣夸她，而是没想到沈嚣引个英文诗出来。

这首诗她恰好读过，而且沈嚣的口语非常流畅标准。

她乐得不行，她知道傅遇总会给她最有力的支持，没想到沈嚣今天也像个夸夸团。

她落落大方地接受这些夸赞："你们很有眼光哦。"

青春时期的男生或多或少都有些爱面子，不会直接夸赞女孩子。但傅遇和沈嚣却不一样。他们积极回应，热烈赞美，任何人都能从他们的眼神里，看到对程肆的特别。

看着其乐融融的三个人，蒋博文内心尽是失落。

他其实也想好好夸赞，她也惊艳了他，可他从小到大的家庭氛围，让他总是无法直抒胸臆地表达。

旁边的关风和柯乐拍了拍他的肩，为他默哀。

柯乐本身觉得蒋博文也是麓湖的校草，喜欢他的人也多不胜数，现在有了对比后，他瞬间明白了，在这江夏校草跟校霸面前，他们麓湖校草虽然外形不输，但这表现可真是……不尽如人意。

江夏那两位是什么高段位选手啊，他恨不得拿本子记下来好好学习，逐字分析。

程肆有些费解关若的造型，她犹豫道："你这……"

她啧了一声，绕着关若转了一圈，觉得关若这个造型无比眼熟却又一时想不出到底是什么角色。

关若看大家的目光都投到她身上后，她淡笑着从旁边的一个大袋子里拿出道具，当她把净瓶捧在手上的那一刻，大家突然顿悟过来。

"哦……"李卯卯拉长声音。

"观音菩萨！"柯乐抢先替他说出口。

关若又从袋子里拿出一个环状装饰递给化妆师，化妆师帮她别在头上，然后按开了旁边的开关。

瞬间，关若整个头部被光打亮，一整个光环熠熠。

关若举着净瓶站好，另一手做了菩萨的常用手势。

"嚯！"这下大家都乐了。

"这可太牛了。"周星野没忍住，走到她旁边拜了一拜："牛大发。"

程肆摸了摸她的光环，由衷地称赞："不愧是你关若若，论石破天惊还得是你！"

"所以，关风不会是如来佛祖吧？"李卯卯突然反应过来，回头看关风。

关风恰好做完了妆造，他站起身双手合十："正是本座。"

柯乐说："你这也不像啊。"

关若从旁边袋子里又摸出一团东西递给关风，关风对着镜子把头套和厚耳都戴上，化妆师又在他额头贴了一颗红痣。

关风再回过头的时候，柯乐已经双手合十："拜见如来佛祖！"

李卯卯冲过去摸了摸关风的鬓发，一脸艳羡："你们全场最佳！"

虽然关风对这造型直翻白眼，但对李卯卯这种显眼包来讲，这造型可真是造到了他心坎里。

早知道他就跟关风换了。

不过，钢铁侠他也喜欢，要是一人能分身成两个人就好了。

傅遇、沈嚣、蒋博文三个人是最后一批做妆造的。

三个人都已经换好了衣服，即便还没有妆造，往镜子面前一坐，帅得各有千秋。

关若拿起手机拍了下来，问三个人："我能用你们的照片发个 QQ 空间吗？"

　　三个人不明所以，但也都不介意。

　　于是关若发了条 QQ 空间的说说：三个帅哥，你选谁？

　　关若 QQ 上有各种游戏里的网友、小学初中高中的同学，加上她本身善交际，人脉四通八达。没一会儿，她这条说说就爆了，一时间回复量节节高升：

　　"啊啊啊这不是我们的校草大人吗！天啊！我就说他和王子装百分百适配！竟然真的穿王子装了！帅帅帅！"

　　"蒋博文旁边两位是谁？他朋友吗？果然帅哥的朋友还是帅哥！"

　　"问我选谁干吗！就问选了能得到吗？！"

　　"若若，别逼我求你，把左边帅哥的 QQ 号发我！"

　　"别问我选谁，我就问你，哪个是你的？剩下两个分我一个就行。"

　　"这是演什么？话剧社？速发时间，我要去看。"

　　"我天！这不是我初中同学吗！江夏的校草傅遇！"

　　"论朋友圈还是你地表最强！"

　　"我就想问问，为什么你不在说说发我这个大帅哥？我和他们比差哪里？"

　　"女神为什么不发你自己的照片？我要看你。"

　　"傅遇，沈嚣，蒋博文。别问我怎么知道的，做好事不留名。"

　　"这不会都是陪你参加今天漫展的吧？你今天 cos 谁？发出来看看啊。"

　　"为什么你能同时拥有三个，让我加入你们！"

　　"制服控来了，军阀装那位，三分钟内我要知道他的所有资料！"

　　"天！蒋博文，等我穿公主服与你共舞！"

　　"若，没必要为了三个帅哥放弃整个篮球队啊。我们篮球队的帅哥还不够你看吗？"

…………

程肆好笑地刷了下关若说说的回复，关若拉住她："拍合影。"

于是，化好妆的几个人开始在那里拍照，等他们三个做完妆造。

傅遇、沈嚣和蒋博文他们三个，面部都是简单的打底，最大的改变是发型。

关若给蒋博文配了一顶金色头发，整个人看起来更西式，雕塑般的轮廓配上金发，像迪士尼电影里的王子。

傅遇头发梳得更乖顺一些，像留洋归来的精英大少爷。

沈嚣大背头，傅遇在酒吧也梳过大背头，但两人气质截然不同。傅遇的嘴角自然朝上，不笑时都带着温和的笑意，即便是大背头也像一个富有教养的坏小子。

而沈嚣，嘴唇带着不羁的孤傲，眼神里是不被轻易动摇的冷淡。大背头配上这身衣服，俨然一位冷峻的军阀高官。

程肆突然理解他们刚刚夸她的心情了，此刻看着穿着打扮和平日截然不同的三个人，她也突然产生了一种熟悉的陌生感，像重新认识他们一样。她也不由自主地夸赞："哇！帅得各有风姿！"

傅遇抿了抿嘴，笑得有些拘谨，他问程肆："可以吗？"

"可以，太可以了。"程肆摇了两下扇子，唰地一合扇子，支着下巴做轻佻状："帅哥，一晚几两银子？"

大家哈哈大笑起来。

傅遇无奈地看着程肆调皮地笑着，嘴角也扬起淡淡的笑意。

沈嚣倒不怕调戏，他瞥了程肆一眼说："我们敢卖，你敢买吗？"

"哈哈哈哈……"众人被沈嚣这句话折服，笑到爆棚。

程肆：……

想找个线把他的嘴缝上。

化完妆后，每个人看着彼此，都像不认识一样，觉得格外有趣。

关若喊来朋友给他们拍了个大合影，一群人浩浩荡荡出门。

沈嚣让他爸派了商务车过来，想着大家不至于成群结队地站路边打车被围观，但他们刚走出去，在电梯里就已经被围观了。

一开电梯门，有人看到他们这一群人，特别是看到关风和关若，双手合十拜了拜，才小心翼翼走进电梯。大家忍不住哈哈大笑起来，连拜的人都忍不住笑，跟他们搭话："你们这也太牛了。"

第六章

他同桌才是真正的校霸，他现在是校霸的打手小弟了

　　不出所料，他们这组人刚进场就吸引了很多人的眼光。特别是李卯卯的盔甲，制作精良高端，像真正的钢铁侠光临现场，手一扬，头盔的护目镜自由升降，有被家长带着来的小朋友立马围了上来请求拍照。

　　跟钢铁侠拍完，又跟旁边穿奥特曼服的柯乐拍。

　　两人都兴奋得不得了，仿佛真的是受人欢迎的超级英雄。

　　而关若和关风也确实是漫展最靓的存在，经过他们的人谁不双手合十拜拜。

　　关若在路上已经跟他们交代了漫展规则，任何人到现场都可能被拉着合影，大家都要好好配合。

　　关若这么交代，其实也是针对沈嚣跟傅遇，还有蒋博文。傅遇和蒋博文其实还好，因为都习惯维持正常礼貌。沈嚣就不一定，一副礼貌不

礼貌看大爷心情的样子。

程肆当然也知道关若的交代是针对谁的，她轻戳了戳沈嚣说："记住了吧？"

沈嚣被她轻戳一下，不动声色地扬了扬嘴角，双手环胸懒洋洋地拉长声音说："遵命。"

漫展的会场很大，人多犹如赶集。

湘城许多喜欢二次元的少年少女都来凑热闹，王冕也早早就收到消息，不但收到消息，而且还和群友约定好了拍一些不一样的照片。

他们昨天就在会场徘徊了一天，这样的二次元盛会对他们这个群来说也是一场丰富的"视觉盛宴"，群里不断有人更新着拍到的"春色"，并相互交流着意见。

王冕穿了件卡通的玩偶服，戴着面具，肆无忌惮地游走在人群中间，借着合影的机会不断在一些女孩身上试探，或捏下别人的腰，或轻拍别人的臀部。因为会场人多，有些女孩被他这行为惊到，不过也仅仅是迅速离开。当然他也很精明，会挑选下手的女生类型。

这样的过程新鲜刺激，让他有些爱不释手。他陶醉地闻了闻自己的手，仿佛那些女生的味道还萦绕左右。

他也不忘每隔半小时去卫生间换另外的衣服和面具。他准备了好几套不同风格的衣服和面具，就是为了轻松游走完整个会场。

王冕换成汉服戴上蒙面面具出来时，在会场看到熟悉的人影。

他的脸色阴沉下来，嘴角露出一丝冷笑。

程肆他们虽然说了一起行动，但每个人被拉着拍照的时长各有不同，加上人山人海，所以他们不知不觉被人海推着分批走散。

她跟沈嚣和傅遇倒一直在一起，他们两个跟俩保镖似的，一左一右护着她。

蒋博文开始也跟他们一起，但不多时就被几个女孩拉去拍照了。

蒋博文看着消失在人海中的程肆急得跳脚，却不得不因为规则耐心地和女孩们合照。

王冕实在太爱这种场合了。

易装后，没有人认出来他。他大摇大摆跟在程肆和沈嚣、傅遇附近，他们也都没有发现。他细心地观察着三个人，发现有人找他们三个拍合影时，他们会把程肆紧紧圈在中间。

有男生想和程肆单独合影时，两个人就跟俩门神一样在旁边虎视眈眈地站着。而有女生找沈嚣、傅遇合影时，两人又会喊程肆掌镜，反正他们三个跟个组合似的，任何人都休想把他们拆散。

王冕一时有些犯难，跟着他们在会场慢慢地晃荡着。

会场有许多卖动漫周边的，一些参展的公司还会设置现场游戏，主办方也会邀请许多知名 coser 参加活动，而且也发起了许多和观众互动的活动。

其中有一个舞场，播放着二次元的音乐，谁会跳都可以跑到台中间跳。

没有特别专业的舞者，基本都是爱好者，所以许多人跳得手忙脚乱，但挡不住高兴。

有个穿着洛丽塔衣服的女生在他们之中呼声蛮高。每次中场休息完，音乐再响起时，她总会被推到最中间跳，而她跳得也确实节奏感挺好的。虽然不如专业舞者，却有自己独特的韵味。

程肆拉着沈嚣和傅遇在旁边兴趣盎然地观看，多看了两眼突然觉得穿洛丽塔衣服的女生有些眼熟。

女孩化了浓妆，穿着繁复的衣服，就是因为这样，所以程肆一开始并没认出她是云轻。

这次看到她和上次看到她的状态完全相反。

大概因为有了浓妆艳抹的掩盖，她不再谨小慎微，而是张扬甜美的样子。她在人群中，跳着俏皮的舞蹈，笑得伶俐乖巧，众星捧月般被簇拥着。

自从知道她的身世，不可否认，程肆对她有些微微的怜悯。此刻看到她这个样子，程肆心中感慨，还好，她没有因爸爸的善良被辜负而对生活失去热情和希望，她还能笑，还能跳舞，还有这个二次元的地方让她戴上面具释放。

程肆没跟沈嚣和傅遇说看到云轻，她不知道两人是否能认出来。

但一朵花想静静地开放，就让她静静开放。

不过当程肆他们转身走后，跟在他们身后的王冕却站在了原地，他也认出了云轻。

他看着她行云流水地舞动着身姿，舔了舔嘴唇，心里突然有些莫名地躁动。

既然程肆那边是铜墙铁壁，他也懒得跟了。

反正有钱就能让许多人前赴后继，根本就不用自己出马。

他在舞场旁边找了个位置坐下，故技重演，掏出手机在群里发消息："场内谁摸到这个女的，我转账五百块。"

然后发了两张他偷拍的程肆的背影和侧面。

程肆完全不知道自己已经被人盯上，她跟傅遇和沈嚣继续在会场逛着。

"程肆学姐。"

伴随着一声温柔的招呼，下一刻，一个穿着精致汉服的男生仙里仙气地走到他们面前。

程肆定睛一看："许岷皓。"

许岷皓言笑晏晏地冲她点头，顺便跟旁边的傅遇和沈嚣打招呼："学长好。"

傅遇和沈嚣都有点意外，又碰到了这个学弟。虽然是国庆节假期，漫展会场里随处可见学生，但扮 cos 的是少数人，大多数是来参观的。

许岷皓的扮相却相当精致，衣服华贵，妆造全套，跟他们的造型比起来有过之而无不及。

像一个极度喜欢 cos 的人。

沈嚣不动声色地打量了许岷皓一眼，想起上次李卯卯跟他说过的八卦，很难想象他是在畸形家庭关系下长大。

他依旧笑得乖顺，没什么棱角的样子。他好像每次一看到程肆，眼睛就像粘在她身上一样，有种莫名其妙的亲热。

今天也不例外，打完招呼他就开始夸程肆："学姐，你今天好漂亮啊。"

"平时不漂亮吗？"沈嚣漫不经心地挑着刺。

许岷皓从容一笑，不急不缓道："平时是超级漂亮，今天是仙女下凡的漂亮。"

沈嚣："……"

就不该给他递这个话，马屁精。

程肆倒处之坦然，笑眯眯地扇着折扇，同样盛赞许岷皓："你今天也英俊潇洒，玉树临风。"

话音刚落，旁边一个带工作证的工作人员冲过来问许岷皓："岷皓，都是你朋友？"

她兴致勃勃地打量着眼前三个人，许岷皓跟她介绍："黄姐，这是我学姐程肆和两位学长。"

"天啊。"黄姐感慨地发问，"都是你们学校的？你们学校可真是卧虎藏龙啊。"

她转头热络地问程肆三人："美女帅哥，你们接 cos 单吗？下次我可以邀请你们三个也来 cos 我们游戏人物吗？"

程肆没说话，许岷皓立刻跟他们指了指身后的场地介绍："我今天是游戏方邀请来的 coser，我也是第一次参加这样的活动，这个是他们的游戏，挺有名的，不知道你们玩不玩。"

程肆和沈嚣都知道这个游戏，但沈嚣明显兴致缺缺。

程肆看了看傅遇，傅遇也只是礼貌地点了点头。

程肆微笑得体地回了黄姐："谢谢黄姐，你们游戏扮相很好看，但我们后面马上就要高三了，学业压力大，实在很遗憾。"

黄姐一看小姑娘说话特别有礼貌，爽朗一笑："理解理解，等以后你们上大学了才能自由。"

一看没戏，她也爽利地拍了拍许岷皓肩膀示意："那你们先聊，我去那边忙。"

许岷皓说："好，我也马上过去。"

程肆他们三个看向那边场地，有好几个帅哥美女装扮成游戏里的人物，许多人在拉着他们拍合照。

许岷皓站在他们身边，不远处还有几个小姑娘一边和别人拍照，一边偷偷朝这里瞄了好几眼，好像在等他。

程肆赶忙说："你也去忙吧。"

许岷皓却掏出手机问她："学姐，我们可以拍张照吗？"

"好啊。"程肆大方地答应。

许岷皓看了看旁边两位，沈嚣穿的军阀装配套很齐全，腰间还别着枪盒，配上他冷酷的表情，一副"你敢把手机递给我，我就崩了你"的样子，许岷皓把手机递给了看起来就很礼貌的阔家大少爷傅遇："学长，麻烦你了。"

傅遇接过手机，许岷皓回头指着游戏场地精致的布景示意程肆："学姐，我们去那里拍吧。"

那个游戏场景非常漂亮，深蓝色的宇宙背景环绕，中间放着一个巨大月亮，簇簇灯光把月亮照耀得曼妙璀璨，地面也是同一色系的深蓝色水波纹，层次分明地荡漾，一时分不清这个月亮是在宇宙间，还是在海天交界之间，周围还有团团花朵装饰，显得非常浪漫。

许岷皓的手隔着宽大的袖子，虚拉着她朝那边走去。

傅遇不着痕迹地看了一眼，沈嚣皱了皱眉。

许岷皓拉着程肆在月亮边坐下，他们两个穿着不同朝代的衣服，但程肆一身皓白，许岷皓的衣服也是白蓝相间，所以不但不突兀，反而看起来像在上演什么穿越千年的旷世之恋。

程肆举着折扇小幅度地扇着，淡淡笑着。许岷皓先是和程肆一起看着镜头笑，接着，他望向了程肆，眼神显得格外深情款款。

傅遇顿了一下，找了几个角度耐心拍好。

拍完打算把手机还给许岷皓。

许岷皓却扬手："等一下学长，再帮我们拍一张。"

他问程肆："学姐，你可以斜坐在月亮边吗？"

程肆按照许岷皓教的动作，配合地斜坐。

许岷皓再次示意："学姐，你可以把手这样伸出来吗？"

说完他还细心地解释道："公司教了我们一些配合场景和玩家的拍照动作，辛苦你先当一下我的陪练好吗？"

旁边的沈嚣有些不耐烦了，这小子要求真多。

程肆按照许岷皓的手势伸出了手。

许岷皓在程肆的腿边单膝跪地，也伸出了手，程肆的手是向下触碰状，而他的手恰恰向上做承接状，虽然并没有牵在一起，但旁边一些女孩已经在那里发出"哇"的起哄声，真是绝美电视剧海报了。

沈嚣无语，他看到傅遇还在耐心十足地拍摄，走过去打算抽手机。

结果看到手机拍摄屏幕，他乐了。

傅遇拍照挺有天赋，他不但给俩人拍了照片，还拍了手部特写、脸部特写。

很唯美，很有摄影眼。

不过没一张是合影，都是两个人的单人照。

沈嚣双手环胸，满意地站在了旁边。

拍完后，傅遇把手机还给许岷皓，许岷皓顺势加了程肆的 QQ，说把照片发给她。

直到三人转身走后，许岷皓打开相册想欣赏刚刚的照片，神情一滞，转而冷哼一声。

学长是白叫了。

把整个会场逛完后，不知不觉已经到了下午两点，连中饭都没来得及吃，大家倒也都没喊饿。

关若开心得不得了，因为她排队去了喜欢的声优老师的签售会，拿到了签名，而且这身 cos 扮相还得到了声优老师的夸赞。

关风冲妹妹直翻白眼，不懂她为什么连声音都会迷恋。

李卯卯和柯乐完全没怎么挪地儿，因为钢铁侠的盔甲太引人注目了，而且也不是很方便走动，所以他们一直都在入口处徘徊，一直都有新进来的人找他们拍照。令人意外的反倒是周星野和蒋博文，因为穿着吸血鬼装和王子装，莫名被碰到的女生拉在一起合照，结成了同盟。

大家在入口处商量什么时候退场吃饭时，不断有人经过冲他们拍照。

超级英雄和中国神仙的组合有那么点好笑。

不过甭管是超级英雄还是吸血鬼，中国人刻在骨子里的一点是，爱观音。

周围也有其他 coser 在到处拍照，还有专业的补光灯和摄影师，模特做着配合角色的动作，热闹非凡。

他们商量再逛一个小时，让关若去买下周边文创时，有三个举着摄像机和话筒的围了上来。

举着话筒的是一个女生，她说她是省电视台的记者，想采访一下他们。

大家立刻把关若推出去当代表，回答记者问题。

记者觉得他们的装扮很有意思，也很有代表性，采访完问能不能邀请他们拍一些照片。

关若看了看大家，大家都表示她说了算。

她很爽快地答应了记者，并且开始自己设计场景让摄影师拍照。

第一个场景是西方超级英雄和王子、吸血鬼参拜华夏天界神仙。李卯卯、柯乐、蒋博文和周星野，依次站在关若和关风面前，双手合十，低头参拜。

第二个场景是大家的合影。C 位是程肆，左右是沈嚣和傅遇，然后天界神仙、超级英雄、王子、吸血鬼居于两侧，大家或安静或优雅或挥舞着手臂，属于青春的躁动气氛溢满整个屏幕。

女记者特别喜欢这群小孩，她一再跟关若说，会用他们的照片做主图。

关若倒不是很在意，她只想让摄影大哥给他们拍点照片，摄影大哥也很乐意多给他们拍几张。

关若让钢铁侠把她架起来拍，让王子和吸血鬼给她做欢迎女王出场动作拍。她还不知道从哪儿变出来太阳镜，她和关风像两个不羁的神仙，戴着太阳镜拍。她自己拍得不亦乐乎，还不忘指导程肆，程肆拒绝了这个显眼包的动作指导，她想正常一些，结果其他几个显眼包被关若带动地玩疯了，连傅遇和沈嚣后面都开朗起来，关若不管给他们安排什么动作他们也淡笑听从。

于是她和大家便有了一些姿态各异的搞笑照片。

终于等记者拍完照，他们又再次兵分几路各忙各的，有休息的，有去买文创的，有仍旧在当 NPC（非玩家角色）接受拍照的，程肆去了洗手间。

女卫生间比男卫生间多一个转弯处，更私密一些，地方也很宽大，还有一处靠窗的休息椅。

但因为人多，哪里都挤满了人，许多女孩直接在休息椅或地面上放下包换起了衣服。

程肆边等边四处打量了一下，她眼神掠过一处休息椅的角落时，感到有些异样。

那个角落里坐了一个戴着一头金黄长发假发的女生，她举着一个微型摄像机，一直在撩头发、嘟嘴，好像是在自拍，但镜头却时不时地转动到旁边，对着那些换衣服的女生。

那个女生也看到了程肆，看了她一眼，摄像机默默地移开了。

她举起手机又装作自拍了一张，然后低头开始在群里发消息。

程肆看女生再没有其他动作，怀疑自己多心了，没一会儿洗手间有位置空出，她也没再多想。

程肆进洗手间后，金发女生也得到了群里某位网友的回复。

她之前用手机拍了张程肆的照片发群里问："是上手这位五百块吗？"

王冕很迅速地在群里回："是。"

她立刻在群里摇人："女卫生间，需要帮手记录。"

不出一分钟，一个顶着猫猫头套的人进来了，跟她打了个暗号手势。

程肆从洗手间出来洗了个手，转身去抽纸的时候，刚刚那个金发女生走到她身边，突然拍了她的臀一下，说："姐妹，不好意思，借过一下。"

程肆轻愣一秒，正常女生一般都会静静等待，至多拍下肩膀，而那个拍她臀的动作带着满满的轻薄之意。程肆反应敏捷地抓住了她的手臂，而程肆抓上她的手臂后，立刻明白过来自己的异样感从何而来。即便她戴着假发，身高在女生中属于高个儿，但手臂的骨骼感还是无法掩盖"她"其实是一个男生的事实！

电光石火间，程肆趁他不备，另一只手迅速拽下他的假发，伸脚朝他腿弯处用力踢去。

　　"啊——"金发女装大佬惊呼一声，整个人失去平衡，向前倒去，假发随之被拖拽了下来。

　　他显然没料到程肆如此迅猛地攻击，但下一秒他立刻原地跟跄弹起，向门外跑去。

　　"抓变态。"程肆大呼。

　　女卫生间里顿时尖叫声此起彼伏。

　　程肆从卫生间追出来，边跑边喊"站住，抓变态，抓变态"。

　　傅遇和沈嚣在外面的过道等程肆，听到她的声音迅速朝卫生间方向望去，看到一个穿着裙子的男子从那个方向狼狈跑出，人群一阵骚动。

　　傅遇和沈嚣连思考都没思考，冲上去一脚把男子踹翻在地上。

　　程肆秒速跟出来，因为穿着长旗袍不方便，她已经把旗袍拎到大腿上，相当于穿着短裙在追人。看到男子被踹翻在地上，她立刻冲上去想摁住他。

　　傅遇不动声色把她隔开，跟她说："你整理下衣服，我们来。"

　　程肆看到傅遇和沈嚣安心了，她轻咳一声，优雅地把旗袍放了下来，拢了下头发。

　　沈嚣和傅遇扭起男子，男子挣扎："你们干吗？干吗？"

　　程肆喝道："干吗？报警！男扮女装进女生卫生间偷拍，且非礼女性！"

　　男子狡辩："你有什么证据！你不要血口喷人！"

　　男子说完，程肆突然发现，男子手上没有摄像机，好像也没有手机。

　　她跟傅遇和沈嚣说："摸一下他口袋里有没有手机。"

　　结果话音刚落，男子大喊："非礼非礼，都快来看啊！有人非礼老娘！"

傅遇和沈嚣听到男子的喊话，大惊失色，大受震撼。

沈嚣惊疑不定地看着男子，满头问号：有病吧？

傅遇嫌弃地看了男子一眼，有病……

程肆立刻掉头冲回卫生间，她记得男子还带了一个黄色背包。

结果如她所料，她回到卫生间环顾四周，包已经不见了，看来男子有同伙，已经趁乱离开，设备也被带走了。

如果设备不在，恐怕缺乏有力证据。

漫展属于大型活动，一直有警察在外围守护。

接到报案，民警很快到了现场，在调查的时候，因为没有设备，所以程肆空口无凭，幸好现场有许多女生愿意当目击证人，证明男子确实闯入女生卫生间，而且看到了男子拍程肆臀部的不雅行为。

警察把男子带回所里。程肆作为受害者也一起过去做笔录，一行人跟着程肆都去了。大家万万没想到，参加的 cos 盛会，最后变成了派出所游。

关风和关若很淡定，他们从小到大不知道跟着程肆进过多少次派出所，程肆属于那种不惹事但有点"事精"体质的人，蒋博文和柯乐以前也算领教过，所以很淡然。

李卯卯和周星野却觉得很好笑，他们认识程肆一个多月，进了派出所两次。

说实话，这事真不怪程肆。

完全都是美貌惹的祸。

傅遇和沈嚣虽然觉得好笑，但一点都不稀奇。

傅遇觉得以程肆爆棚的正义感和灵活的身手，确实很有"招蜂引蝶"的特质，而沈嚣觉得，他同桌果然很牛，奇女子是也。他算是什么校霸，他同桌才是真正的校霸，他现在是校霸的打手小弟了。

这边是男子被调查，另一边是男子所在群里的狂欢。

虽然被抓，但他非礼程肆的视频却被同伴拍下在群里流传。大家都在那里起哄说，这五百块钱白赚了，都交罚款了。

王冕看着视频哈哈乐，他猜到这不是件容易的事，没想到还是有家伙办了。

这群疯子。

王冕大方地在群里回了句："哥们儿本领够高，罚款多少找我报销。"

大家很快回道："33威武，33大方，33够意思。"

他们在这个网站群都匿名，只有代号。

王冕在网站的代号是33。

群里充斥着不堪入目的图片。

王冕打开手机，欣赏着漫展现场拍的云轻，暂时没有把她的照片发出去。

他一直跟着云轻，直到漫展结束。

看着她一个人坐地铁，一个人逛街，一个人找小店吃饭，然后回到一个宠物店。

他记住了她家的店。

以前他留意到她，只觉得玲珑可爱，没想到私下还有这种装扮，有点意思。

国庆节假期的前两天，以漫展这件事轰轰烈烈结束了。

后面几天假，程肆不是在家写作业，就是在傅爷爷店里写，写完作业三人又在酒吧捣鼓了两天，陪傅遇研究调制饮品。

假期最后一天，傅遇研究出了"荔荔朱砂痣"。

荔枝的丝丝甜意恰到好处，不会过分甜腻，入口清新丝滑。

程肆提着冰饮，三人在酒吧附近穿街走巷。程肆咬着吸管，眯着眼睛说："最喜欢夏天夜晚，喝着冷饮在车水马龙里乱晃。"

傅遇帮她在每一个或有趣或写意的街景里拍照，有时沈嚣会在一旁捣乱，有时程肆逼他摆一些幼稚的动作拍照，有时三人一起合影。

傅遇和沈嚣都从拍照社恐渐渐演变成了拍照社牛，这些时间里，他们拍的照片数量完完全全超过了之前十多年的。

程肆对用照片记录生活这件事很执着，她说："当然要记录啊，因为人的回忆是有限的，也是健忘的，以后我们只会根据凭证才能想起当时的场景、当时的快乐和深刻。"

这是她在妈妈离开后，看妈妈给她拍的那些照片时，才理解的。

以前她总觉得妈妈无时无刻不在给她拍照，有些甚至是她蓬头垢面的狼狈瞬间，她觉得很丑，妈妈却觉得很可爱，都拍了下来。如今她再翻看，才明白妈妈拍下的意义。

她和妈妈曾拥有过的那些有趣日常瞬间，如今对她来讲意义非凡。

当时只道是寻常。

他们参加漫展的照片和在漫展勇抓猥琐男的事件在假期被疯传。采访他们的那个记者供职于本地知名门户网站，她写的报道和提供的照片发在门户网的头条上，又被一些同学搬运到各自的小群里讨论，也被学校的表白墙搬运过去，免不了引起一番讨论。

不过比这些更重磅的是，随着假期结束，开学后两天，月考成绩公布。

程肆位居全年级第一，把傅遇这个常年稳居榜首的名字，挤到了第二。

同学们都炸了。

曲小强笑得合不拢嘴，他知道程肆成绩还可以，没想到优异成这样，猛将啊。

傅遇去取卷子的时候，曲小强打趣他："谈谈被人超越的感觉怎么样？"

傅遇心甘情愿地承认："甘拜下风。"

曲小强拍拍他肩膀拖腔带调："你有对手喽，不过有对手会进步得更快一些。"

傅遇含笑摇头，纠正曲小强："老师，不是对手，是同伴。"

以前一个人走路从没觉得孤单，如今当另一个人到来，才发现，原来有同伴的路竟如此阳光灿烂，途有好伴，不觉路远。

知道这个成绩，李卯卯比程肆还兴奋。

一连串的彩虹屁从他嘴里冒出来。

"仙女你这也太牛了吧。""你怎么能长得这么漂亮还这么聪明的，你简直是人类美学与智慧的结晶。""我这真不是在拍马屁，我这是从内心佩服得五体投地。""你这实力根本不是地球水平，是太阳系的奇迹！"

"……"程肆第一次体验到什么叫"被人夸得想找个地缝钻进去"，她看向沈嚣："你能不能让他住嘴……"

沈嚣听得乐不可支，但还是很听他同桌的话，伸手捏住李卯卯的脖子。

李卯卯缩着脖子哎哟哎哟叫起来："好了好了，不说了不说了。"

沈嚣也挺为他同桌骄傲，他看着不骄不躁的程肆："不发表一下获奖感言？"

程肆正低头看着试卷上的错题，有些痛心疾首。别人是难题犯错，但她难题总是答得非常完美，常常都是简易题粗心。别人的家长看到自己小孩总犯简单错误，大多会火大，但温静懿特别不走寻常路，以前常笑着夸她这是大大咧咧、不拘小节。而且看她自己难受，还会安慰她没事，人无完人，有优点有缺点才显得完整。但她越是想改掉这个毛病，越容易粗心。

她从试卷里抬起头，叹了一口气，到底什么时候才能改掉这个毛病。

沈嚣挑眉，第一次见有人考第一名还叹气的。

周星野揣测："仙女这是觉得高处不胜寒了？"

程肆说："那倒没有，只是有些遗憾，明明可以考得更好。"

沈嚣笑了，敲她桌子："别遗憾，以后考试机会海了去了。"

"你考得怎么样？"程肆看沈嚣成绩单。

沈嚣大刺刺推过去，数学满分，英语也很好，其他都刚好过及格线。

比程肆猜测的成绩好多了。

她衷心称赞："不错啊。"

沈嚣挑了挑眉，立刻听明白了言外之意，他问："在你心里，我应该考得比现在差多少？"

程肆抿着嘴笑得有些不好意思："没有没有，我知道你是数学天才来着，考满分仅仅是因为试卷上就那么多分，跟我们都不一样。"

"那确实。"李卯卯一看程肆这么"识货"，立刻又开始变身"嚣吹"："仙女，不瞒你说，我们家嚣宝这数学天赋，那叫一个……"

沈嚣及时往他嘴里塞了一包小薯片："多吃东西少说话。"

结果李卯卯乐呵呵地把薯片包装撕开，吃了一口还是把后面几个字给补上了："出神入化，整个江夏没比他数学好的，嚣宝参加省赛可是一等奖。"

"哇。"程肆对沈嚣刮目相看，她属于雨露均沾类型，没有什么弱项，但也没特别突出的长项，各科成绩都平均得很到位。她参加省赛基本都是二三等奖，从没有获得过一等奖，她觉得那种获一等奖的人一般都是天赋很突出的类型。她立刻拱拱手跟沈嚣说："还是同桌天赋异禀，之前是我有眼不识泰山。"

沈嚣回她的，也是丢一包小薯片到她手边："你也吃东西吧。"

她笑呵呵地嚼着薯片问李卯卯："你跟老周考得怎么样？"

李卯卯格外开心："嘿嘿，我这次考得挺好的。"

程肆刚想为他高兴，周星野在旁边及时补充："很好，年级倒数第三。"

程肆恭喜的话噎在喉咙里。

沈嚣看到她的表情闷笑。

程肆又看了看周星野的成绩，也不错，中上等，各科水平也都均等，也比她想象得好很多。

程肆冲他比了个赞。

周星野忍不住问了和沈嚣一样的问题："仙女，你实话说吧，我们在你心里成绩到底有多差？"

程肆有些惭愧："也没有，主要是我没怎么见过你们学习，现在才明白你们是天赋异禀。"

"偏见了啊仙女。"李卯卯说，"我们可从来都没觉得你空有美貌。"

"那必须啊，我一看就才华横溢啊。"程肆骄傲地一扬下巴，说完忍不住为自己的自恋笑起来。

第七章

学生自有学生的江湖，
并不比社会简单

　　曲小强让班委当天就做了黑板报出来，全级第一、第二都在他班上，单科第一也在他班上，那不得好好展览一下。

　　看了黑板报程肆才知道，她后桌那个沉默寡言、曾经帮过她的郁树也学习不错，排在了年级前十名里。

　　傅遇文综第一，沈嚣数学第一，自己英语和语文第一。

　　沈嚣平时压根不在乎成绩，数学满分对他来说稀松平常，但现在看着黑板报上，他和程肆并排在一起的照片——照片上女孩高扎着马尾，笑靥如花——他第一次觉得，数学考第一这件事，竟然能给他带来如此之大的愉悦。

　　晚自习的时候他们一起回去。

傅遇不管说什么话，沈嚣都凑上去回："啊，你怎么知道我同桌第一名。""我同桌第一名喔。""是的，我同桌第一名。"

傅遇被他逗笑："幼稚，又不是你第一。"

沈嚣加重语气："反正我同桌第一名。"

"我同桌"那三个字喊得抑扬顿挫，别提多骄傲了。

程肆无语，她知道沈嚣就是故意气傅遇，但傅遇才没有那么小气。

他在班主任那里提前知道成绩时就发消息给她了，她问他考得怎么样。

他表示很遗憾，差一分就能和她并肩了。

一分差距，程肆根本就不觉得算差距，只能算侥幸。

傅遇耐心地等沈嚣炫耀完，似笑非笑："你知道月考后会重新调座位吗？"

"怎么了？"沈嚣不在乎，他不相信有人敢坐他的位置。

傅遇说："按成绩选位置。"

"那又如何？"沈嚣说完突觉不妙。

果然下一刻就听到傅遇慢条斯理地道："你同桌也不一定永远都是你同桌，毕竟第一名选完位置后，第二名选位。"

沈嚣不可置信地看着傅遇，傅遇继续说，声音里已经有掩藏不住的笑意："今天还可能是你同桌第一，明天可能就是我同桌第一了。"

"我去，卑鄙，你抢我同桌。"沈嚣终于有些慌了，"我不换同桌啊。"

说完他立刻转向程肆，用那种殷切期盼的眼神看着她："同桌，你自己说你想和谁坐同桌。"

程肆看着幼稚的两个人很无语，傅遇抢先回沈嚣的话："各凭本事。"

沈嚣耍赖："既然这样，那我凭本事了。"

傅遇不理解，不知道他要凭什么本事。

结果沈嚣问程肆："你还记得上次让我帮郁树时答应我的条件吗？"

程肆点头，没错。

沈嚣："我吧，别无他求，就是这次选位……"

傅遇看向程肆，一脸疑问，不知道他们在说什么暗语。

程肆笑着跟他解释了一下郁树的事情，当初她请沈嚣帮忙，不让王冕找郁树的碴儿，确实欠他一个人情。

傅遇看着沈嚣，冷哼一声，把他刚说的话还给了他："卑鄙。"

这下轮到沈嚣得意了："你说了各凭本事。"

第二天按成绩排位的时候，全年级第一的程肆跟曲小强说，老师让后面的人先选吧。

曲小强很疑惑："怎么了？"

程肆说："我等沈嚣选了后跟他坐同桌。"

程肆说话没有任何掩饰，就那么直愣愣地把话讲出来了。

班上的同学纷纷交换了眼神。

哦？啊？咦？呀？嘎？

这……校花这么早就心有所属了？

班长已经出局？

难道优等生皆爱坏男孩？

曲小强看沈嚣："你威胁你同桌了？"

沈嚣张了张嘴，表情中带着不可置信："老师，我在你眼里就那么不是个人？"

曲小强没忍住笑出来，沈嚣才知道班主任故意逗他呢。

大无语。

班上其他同学也偷偷笑起来。

曲小强对班里的气氛很满意，这一切，他知道，得益于他这几个班委。

本来一开始，他还担心两个脾气暴躁的大人物坐在一起，会引起什么不良效应，想等月考后把两个人调开。现在好了，两个人坐同桌倒是起了正面效应。

别看他什么都不说，其实班里的所有小道消息尽在掌握，就连他们几个去隔壁班拎人和漫展抓猥琐男的事，曲小强都知道，只不过不吭声罢了。要搁别的班主任，怎么都得教训几句。

但曲小强想了想，觉得几个人处理得挺好，有节有度。有时候大人的处理方式不一定管用，学生自有学生的江湖，他们的江湖有独属于他们解决问题的方式，并不比社会简单，虽然有时更粗暴，却也更有效。

他原先对傅遇很放心，但经过这一个多月的观察，他发现沈嚣跟程肆做事也张弛有度。

"虽然没威胁，但耍赖。"傅遇在旁边瞥了得意的沈嚣好几眼，最终还是没忍住嘀咕了一句。

"我那是平等的条件交换。"沈嚣立刻得意扬扬地反驳。

程肆扶额，这两个人……又开始了……

而班上其他人看着叽叽咕咕的几个人，很想凑上去听听台词。

只有曲小强清晰听到了，看着吵吵闹闹的傅遇和沈嚣，他都想扶额。

"行，傅遇，从你开始先选吧。"

傅遇平静地走到了自己原先的座位，既然程肆提前答应了沈嚣条件，他自然不会让她为难。

沈嚣脸上绽放出大大的笑容，傅遇当没看到，选好位置就开始继续学习了，不和幼稚鬼论长短。

最后班级位置动了一半，但程肆前后桌三排，跟个铁三角似的，牢不可破。

本来序薇想拉一个女生坐程肆前桌的，无奈没考过周星野，周星野先选了自己原先的位置，序薇又不想和周星野坐同桌，所以作罢。

身后的郁树和云轻也没动位置，程肆有些吃惊。

其实之前她让沈嚣罩着郁树，郁树也就跟着他们溜达了一天，后面就死活不跟了。

他跟程肆说："如果你觉得亏欠我想还，那这已经还过了。"

他界限分明的样子，明显不想跟他们有任何关系。

程肆也很干脆，点点头，也没再勉强。

尊重一个人的方式，按他说的做即可，而不是一味强给，强给有时也是一种负担。

从开学到现在看来，郁树是那种沉浸在自己世界的人，他不想靠近任何人的原因是，不想让任何人靠近他。他不想给别人负担，也不接受别人给他温暖。

他的成绩让他像武侠片里的那种江湖大侠，因为要练就深不可测的内功，所以忽视世间的一切烦琐。

或许他在校外是另一副模样，像云轻一样，在校园里安静温柔，不怎么说话，笑起来眼睛会眯得像月牙，在校外却神采飞扬地站在中间领舞。

每个人都戴着面具，面对不同的人，展示不同的脸谱，演绎不同的角色和故事。

调完座位后，曲小强宣布，学校一年一度的金秋篮球赛定在十一月一号举行。

男生篮球队好凑人，班里的男生会打的都愿意上，不过大家深知自己水平高低。

体育委员直接点出了水平好的几个人，傅遇、沈嚣、李卯卯、周星野，加上他自己就占齐了五个，他又加了两个替补。

程肆意外的是，女生这边爱打篮球的也挺多。曲小强问谁想参赛时，七八个女生举起了手，后桌的云轻也举了手。

程肆一向不是积极参加活动的类型，她懒，周围有人上她就不会强出头。

但她同桌不了解啊，沈嚣一看别人都举手了，程肆还没举手。

以程肆的球技，那肯定得上啊。

他问程肆："哎，你怎么不上？"

程肆懒洋洋地回答："人够了啊。"

他以为程肆是嫌人多不好意思，立马捞起她的胳膊替她举起，热情为她报名："老师，还有我同桌。"

程肆："……"

她比了个想手刀沈嚣的动作，结果沈嚣还笑眯眯的。

班里同学："……"

大家逐渐发现，以前那个酷得一言不发的校霸一去不复返了。现在他在他同桌面前，活泼得像被李卯卯传染的显眼包。

报完球队成员，开始报啦啦队。

和序薇要好的几个女生都属于能歌善舞的类型，大家互相呼喊着撺掇着踊跃举手报了名。

曲小强特别高兴，这届学生真好带。

他把这个事情全权交给了序薇，序薇又举起手，满眼跃跃欲试，欲言又止。

曲小强很干脆："还有什么问题？你大胆说。"

序薇清了清嗓子："老师，男篮队有女生做啦啦队，女篮队是不是也让男生做啦啦队啊？"

曲小强一顿。

班上男生轰一下笑了，女生立刻鼓掌喝彩赞同。

"女生跳啦啦队舞，男生可以干吗，总不能表演胸口碎大石吧。"李卯卯这个话痨抢先接话。

序薇看李卯卯："你会吗？"

李卯卯："不会……"

序薇轻哼一声转向曲小强："男生也可以跳啦啦队舞啊，男篮直接跳也行。"

程肆看了沈嚣一眼，想象不出他跳啦啦队舞的样子，她赞同地偷笑："这个创意好。"

沈嚣看她幸灾乐祸，弯了弯唇角没吭声，前排李卯卯先乐了："逗爷呢。"

曲小强笑瞪他一眼："好好说话。"

李卯卯瑟缩一下肩膀："老师，主要是我怕我舞姿太震撼，亮瞎全场。"

班上女生秉承着男女平等的原则，全都开始声援序薇。

"就是，一直都是女生组啦啦队，男生也该试一试了。"

"我看男生啦啦队还新鲜一些。"

"支持男生啦啦队。"

曲小强也不顾男篮队员愿不愿意，直接点头同意："这个形式好。"

"老师，不是吧……"体育委员孔武有力，他很难想象自己跳啦啦队舞的模样，想反驳。

曲小强说："不是什么，我觉得合情合理。"

"啊？"体委一脸想死的表情，看向沈嚣，他不相信校霸会跳啦啦队舞。

结果，傅遇和沈嚣都没说话。

傅遇觉得序薇说得有道理，沈嚣觉得，他同桌都说了这个创意好，他愿意支持。

不就啦啦队舞吗？

沈嚣加问一句："是不是女篮队员也参与啦啦队，要跳一起跳。"

曲小强说："当然，一起参与。"

程肆："……"

沈嚣："OK，没问题。"

李卯卯缓慢地转过头，震惊地看着沈嚣："嚣宝，你真的跳啦啦队舞？"

周星野看着一天到晚四体不勤的沈嚣："嚣，你确定你四肢协调吗？"

沈嚣："……"

训练时间定在每天放学后，以及自习课和体育课。

程肆完全没办法再挤出时间回家吃饭了，晚自习放学的时候，她问傅遇在哪里办饭卡。

她打算办张饭卡在学校吃饭。

傅遇说："你只是球赛之前在学校吃吧？"

"应该是。"

"那没什么必要办，我带你吃就行了，反正餐厅你也不熟。"

一旁的沈嚣说："我饭卡钱多得花不出去，用我的吧。"

程肆问沈嚣："你不是也走读吗？为什么还办了饭卡？"

"唔，有时候不想回去就在学校吃。"

程肆说："那我也办一张好了，说不定以后也会犯懒不想回去。"

傅遇没有再坚持，倒是沈嚣一直在跟她碎碎念："你先用我的呗，用一阵再看办不办呗，反正我卡上钱吃不完。"

程肆教育他："你不要动不动就喊别人花你的钱，你知不知道你这样……很像一个冤大头。"

沈嚣一副很聪明的样子："我也不能见个人都喊着花我的钱，谁让你是我同桌呢。"

说完望了傅遇一眼，继续道："我要不对你好点，下次你就被别人抢走当同桌了。"

傅遇默默看了沈嚣一眼，缓慢地竖了一个鄙视的手势。

沈嚣才不管，他发现了，对付傅遇和程肆这两个人，只要他足够幼稚，足够死缠烂打，那这两个人拿他一点办法都没有。

沈嚣给程肆讲道理："我们训练时间都一样，吃饭刚好一起。你办卡也是我们一起吃，你用我饭卡，我还可以找个理由跟我爹多多要点钱。"

程肆仍旧无情地拒绝了这个霸道总裁。

第二天，傅遇带程肆去充了饭卡，程肆开启了学校餐厅之路。

程肆虽然拒绝了霸道总裁的饭卡，但无法拒绝霸道总裁和他的好兄弟们每天邀约一起吃饭。

傅遇也会等程肆一起，所以他们开始五人行。

结果序薇发现了程肆在学校吃饭，拉上了班里之前和程肆相处不错的那两个胆大外向的女生，非要跟程肆一起吃。

于是五人行变成了八人行……

程肆坐在餐厅常常有些恍惚，以为是在麓湖。在麓湖时，和关风、关若他们也常常一大群人坐一起吃饭，打打闹闹说说笑笑，吃完饭再一起浩浩荡荡回班。

现在不知不觉又演变成了这种情况。

但她也并不排斥这种感觉。

有时候，即便你不想说话，但坐在人群中看周围的人快乐打闹，内心也会有一种祥和的宁静。

因为常常一起练啦啦操和练球的关系，大家很快熟络起来。

序薇本身以为最难搞定的应该是沈大少，结果没想到，沈大少看他同桌练得一心一意，他也格外配合。

男生中不但长得最帅的是傅遇和沈嚣，跳得最好的也是傅遇和沈嚣。

反而是怀疑沈嚣会四肢不协调的周星野有些四肢不协调。

他动作僵硬，要么踏错步伐，要么做反动作。他也气自己笨拙，动不动就罢工。

序薇有治他的办法，她直接把啦啦队男女分开，由男队队长沈嚣负责男生动作。

周星野体贴地跟沈嚣说："嚣，要不我退出？"

沈嚣哪儿能放过他，一把勒住他的脖子："好兄弟，同甘共苦。"

沈嚣和李卯卯在给周星野抠动作时，傅遇和另外几个男生在旁边，和程肆他们互相对跳。

那边时不时发出笑声。

沈嚣看着对着傅遇笑得直不起腰的他同桌，想踢自己笨兄弟两脚。

周星野也好气，自己竟然比李卯卯笨。

大家劲头很足，周末也会自发约在一起练。

因为体力消耗太多，程肆开始变得容易困，每天回家基本倒头就睡。

所以她连自己的生日都忘了。

生日前两天，舅舅问她："生日打算怎么过啊，给你请一天假带你出去玩呀？"

她才突然意识到马上要生日了。

之前每年都是妈妈一早给她准备好仪式，然后喊上她那群朋友一起庆祝。

在温静懿细腻温柔的安排下，她从小到大的生日都格外有仪式感。

但现在，没有帮她准备的妈妈了。

过生日，好像突然失去了所有意义。

她在一步一步长大，可是赋予她生命的那个人，却永远都看不到了。

温倾铭看出她神色间的风雨，他知道提起生日，她一定会难过。

但他又不得不让程肆接受这个现实，不想让她因为失去妈妈，就封闭一切与她有关的快乐。

这也不是他姐温静懿愿意看到的。更何况，温静懿早就给程肆准备好了礼物，并且再三叮嘱他要每年给程肆过生日。而父母、大姐也都从瑞士寄了礼物过来。

他这个舅舅又怎么会不懂得，他要代替所有不在身边的家人，给外甥女加倍的宠爱？

程肆知道，她无法拒绝舅舅给她过生日，他们现在在湘城相依为命。

她失去了妈妈，舅舅失去了最亲爱的姐姐，他们都很痛。

她不想让舅舅再为她的情绪担心。

她仰头冲温倾铭一笑："不请假了，现在不但要上课还要训练，耽误了不好，等周末你带我去吃大餐补过好了。"

温倾铭知道她参加了篮球赛还挺高兴，他觉得只要能参与集体活动，就能慢慢调节好自己。

所以他也很爽快地答应了。

舅舅刚问完，关若也出现了。关若喊叫着说请不了假，周末才能出来帮她补过生日。

她歉意地说，到时她定地方给程肆补过，喊上他们麓湖那帮朋友。

关若想的当然是，像往年一样热闹。

但程肆跟她说："安心上课，周末不要喊大家了。"

关若说那怎么行。

程肆说："若若，我认真的。我不想热闹了，我想安静一些。"

起码近几年是这样的。

关若立刻明白了。

她也干脆："行，那周末我跟关风来找你。"

程肆说："好，到时舅舅带我们吃大餐。"

生日那天，程肆像往常一样正常上课下课，训练。

晚自习时气温骤降，程肆打了一个大大的喷嚏。她有过敏性鼻炎，冷热空气交替太快会立刻犯。

沈嚣机警地看着她问："是不是感冒了？"

她摇头，低声说："鼻炎犯了。"

她正摸着手臂上的鸡皮疙瘩有些发抖，从前排传来一件校服和一盒感冒药。

校服上还有一张字条，是傅遇，他说：备用校服，没穿过，你穿。

傅遇一向细心，平日里常备一些常用物品放在课桌里，没想到此时派上用场。

程肆赶紧把校服披上，感冒药放一旁并没有吃。

沈嚣跟老师打了个报告说去卫生间，直接站起身出去了。

过了一会儿他回来，从口袋里摸出一盒药也放程肆旁边，问："是不是吃这个药？"

程肆看了看他，看了看药盒。

原来，刚刚他去给她买鼻炎药了。

她无奈地叹了口气，服了他和傅遇，这才打了个喷嚏，两人就催她吃药。

哪儿那么脆弱？

她小声说："我暂时还没事。"

沈嚣说："那就先放着。"

"谢谢同桌。"程肆感谢之心还是有的。

沈嚣继续低头打自己的游戏。

下课的时候，许岷皓来找程肆。

自从在漫展加了程肆的QQ后，许岷皓经常会向她请教问题。

程肆发现许岷皓学习很优秀，而且学得很快，他现在的学习进度已经赶上他们一多半了，所以程肆也毫不吝啬地把自己之前刷过的题库借给他。

许岷皓借着跟她请教学习的事，时不时会跑到班门口。有时借书，有时顺带送点零食，说家人送的，自己也不爱吃。

几次过后，大家都知道，程肆和高一这个帅学弟关系不错。

程肆穿着校服踢踢踏踏跑到门口，许岷皓手上搭了件衣服，挂了把伞。

他说天气预报说降温有雨，刚刚家人给他送的，他恰好有两份，所以问她需不需要。

程肆拉了拉身上的校服说："有了。"

许岷皓问："伞呢？"

程肆不在乎道："没事，等放学我让家人送。"

许岷皓说："那你先拿着吧。"

说完，把伞塞她手里就跑了。

程肆看了看许岷皓的背影，看了看手里的伞，最后接受了这份好意，拿回了教室。

沈嚣一边打游戏一边余光瞟着教室门外，李卯卯在一旁煽风点火："我怎么觉得这个学弟对我仙女霸霸，殷勤得有点不正常呢？"

周星野说："哪里不正常，美女多关怀。"

沈嚣听着两人的讨论，总觉得看不明白这个许岷皓到底是对她同桌有意思，还是有别的企图。

怪里怪气。

他问过程肆以前认不认识许岷皓。程肆摇头，说跟他们一起在唱片店那次，是第一次遇见。

沈嚣知道程肆借书给许岷皓时也有些不情愿，不理解她为什么要借。

程肆觉得好笑，你这个学长怎么回事，举手之劳啊。

沈嚣冷哼，他不是那种可以立马和别人建立关系的人，所以他不理解程肆对别人的不设防。

但他也明白，程肆这样做，肯定是因为长期以来的成长环境很友善。

放学时，天果然开始飘雨。

带伞的都潇洒地冲进了雨雾里，没带伞的都在想办法。

沈嚣早跟家里说了不用接他，他有伞。

真实情况是，他转头大言不惭地跟程肆说："同桌，我没带伞，要麻烦你带我回家了。"

雨不算大，走到教室门口撑开伞，傅遇的伞明显比许岷皓送给程肆的伞大一圈。

傅遇跟程肆招呼："我们两个撑一把吧。"

沈嚣恰好站在两人中间，听了傅遇的话，整个人直接钻他伞下："我跟你撑。"

傅遇不置可否，反正只要不淋到程肆就行。

钻到傅遇伞下的沈嚣低声问傅遇："准备好了吗？"

傅遇轻轻嗯了一声。

三人跟平时一样说说笑笑走着，到了"留梦居"门口，店里漆黑一片，傅爷爷已经回去睡了。

傅遇招呼他们两个："等下，帮我个忙。"

程肆收了伞走进店里，傅遇打开了一盏小落地灯，不似平时那样亮堂，柔和的昏黄色，在这个细雨如织的夜晚显得格外温馨。傅遇说："你们先坐。"

两人坐在平日里学习的书桌边，程肆隔着雨水斑斓的窗户，细听着外面的雨声，她喜欢下雨天，也喜欢隔窗观雨听雨。

沈嚣把玩了几下手机，手机里突然开始播放悦耳熟悉的音乐："Happy birthday to you, happy birthday to you……"

程肆转过头，怔忡间，傅遇捧着一个蛋糕从后院走进来。

程肆愣了一下，眼泪刹那涌了上来，亮晶晶地挤在眼眶里。

她不想哭，在两个男孩子面前哭她觉得有些丢人。

可这一刻百感交集，她完全无法自控，曾经经历过的离愁和此刻小小的惊喜齐齐冲上心头。

她双手捂住脸，手指缓动，不动声色地擦掉眼泪，似惊喜般问："你们怎么知道我生日？"

傅遇把蛋糕放在桌上："关若说的。"

沈嚣不知道从哪儿变出了生日帽，戴在她头上催促："快来，寿星，给你唱歌。"

三人一起坐下，拍着手给程肆唱了生日歌。

蜡烛的微光里，程肆眼角又有眼泪轻轻滑落，脸上湿漉漉的泪痕被烛光映照着，像流光溢彩的水钻。

唱完歌，沈嚣说："许愿。"

她闭上眼，双手合十。

以前她许愿，常常宏大，许"世界和平"，许"所有人幸福安康"，因为她幸福，衣食无忧，别无所求。但这一次，她突然想为自己许一个愿望，想为自己求一些东西。

她在心里默念："希望我爱的人，一直都在我身旁，不要离开。"

念完，她呼的一下吹灭蜡烛，旁边两人为她鼓掌。

程肆准备切蛋糕时，沈嚣阻拦她，这次倒是他主动要求拍照："这样重要的时刻，必须记录下来。"

程肆笑了，脸上泪痕已干，恢复如常。

　　三个人嘻嘻哈哈地拍了合影后，程肆才切蛋糕分给两人。蛋糕是一只可爱的兔子，上面写着"每一岁，都珍贵，你最珍贵"。

　　她把蛋糕的图片也顺手发给了关若，说："谢谢，我今天很快乐。"

　　关若还在图书馆学习，看到图片后舒了口气。不管程肆会不会怪她多事，她都希望今天，她身边有要好的小伙伴陪着她，代替曾经的她和关风，给她安慰。

　　她跟程肆回："生日快乐，我的公主，我永远都在。"

　　吃完蛋糕回去，傅遇给她递了一个大大的手提袋，里面是一个长方形盒子，他说："礼物。"

　　程肆有些吃惊，没想到傅遇还给她准备了礼物。

　　她连声说："谢谢。"

　　不但傅遇准备了，沈嚣也准备了。

　　他们一起回到家后，沈嚣说："你先在门口等我一下。"

　　没一会儿，他就捧了一个礼物盒下楼，随意地塞她怀里："生日快乐。"

　　程肆小心翼翼地抱住，好奇地看着方正的礼物盒："这是什么？"

　　沈嚣很潇洒，转身挥手："你回去看看，晚安。"

　　说完他又回头看了程肆一眼，嘴角噙着一丝温柔的笑，加了一句："公主殿下。"

　　程肆看着他半揶揄半戏谑的样子，也即时回他："霸道总裁，晚安。"

　　程肆抱着礼物回家，温倾铭在客厅。

　　看到她抱着礼物进门："哟，看来今天有人给你过生日了。"

　　程肆点头："出乎意料。"

温倾铭挺高兴，看到两份礼物，不用问都知道是谁送的。

他帮程肆接过东西放下，指着茶几上一堆礼物："舅舅送的，还有外公外婆姨妈送的。"

程肆乖巧地致谢："哇，谢谢舅舅，谢谢外公外婆姨妈，我爱你们。"

温倾铭揉了一下她的头："你周末跟他们打电话谢吧。"

他从冰箱里又拎出一个冰激凌蛋糕："先唱个生日歌，吃口蛋糕。"

程肆："嗝……我刚吃了一个，已饱。"

温倾铭嫌弃她："不懂事的破小孩，舅舅还没吃。快唱个生日歌，吹个蜡烛，给我切块蛋糕，好歹证明舅舅陪你又长大一岁。"

于是又是一遍生日歌流程，程肆吹了蜡烛，又把刚刚许的愿望重新许了一遍。

许完她在内心又默默加了一句：上天啊，这次我可是加了双保险的，你可得重视啊。

温倾铭慈爱地看着外甥女闭眼的模样，忍不住又摸了摸她的头。他真的希望，外甥女的世界里以后只有幸福快乐，没有忧愁。

虽然世间不可能毫无忧愁，但他会尽力，努力地去守护她快乐长大。

程肆给他切了一块蛋糕，他捧着回隔壁了，留给她拆礼物的时间。

程肆先拆的是傅遇的礼物。

傅遇送的是一幅画，看过他的木工活后，程肆觉得画框应该是他自己做的，用了一种特别的木材，光滑细腻，透着典雅的光泽，还散发着独特的香气。

画上是一个女孩的侧影，鼻端微翘，唇角倔强，像照着她画的。

画框后有一个灯控按钮，她按了一下，在空无一人的房间里不禁发出一声惊叹："哇。"

因为灯亮的刹那，画面上女孩的旁边凭空出现了俊秀的独角兽，张开翅膀温柔地注视着她。

她和他们逛街时，曾买过独角兽的小挂件，说过喜欢独角兽，觉得独角兽有安全感，没想到傅遇记得。

画作顶端有两个小字，画名叫《守护》。

程肆喜欢这幅画，爱不释手地在那里小心拨弄了好几次开关，反复观看，才把它小心翼翼地关上。她到处找地方放这幅画，最后把这幅画放在了床头。

她喜欢这幅画，也喜欢画的名字：守护。那就把它放在床头守护她的梦境。

她给傅遇发消息："谢谢，礼物我很喜欢。"

然后她拆开了沈嚣的礼物，沈嚣的礼物也让她"哇"了一声。

沈嚣送的是他拼好的乐高，有点像《飞屋环游记》里的那座热气球房子，只是整体色调都是淡雅色系，房子外站着两只可爱的兔子。

这不是乐高可售卖套装，是他自己设计的。

程肆也爱不释手，给沈嚣发消息："谢谢，礼物我很喜欢。"

发完看到傅遇回过来的消息："喜欢就好，我的画工仅止于此了。"

程肆不可置信地回他："画框我猜是你做的，这幅画也是你画的？"

傅遇："嗯。"

"我以为这是买的图……"

"整个礼物，均属手工制作。"

程肆此刻才知道，傅遇礼物的用心。

她从小到大收到的朋友的礼物里，大多数是买好的成品，除了关若。关若因为喜欢各类稀奇古怪的东西，所以也经常会做手工制品给她。

她没想到男孩子也会这么细腻，他们两个简直是她认识的宝藏男孩。

沈嚚回过来信息问："我是不是有点乐高天赋？"

沈嚚的信息仿佛自带语音，程肆眼前已经浮现出之前那次他在学校拼乐高的傲娇模样了。

她回他："当然了！我同桌就是最厉害的！"

沈嚚回了一个表情包，是一个小狐狸，正经地系了系领带，配了四个字"不愧是我"。

程肆忍不住笑起来。沈嚚和傅遇性格大相径庭。傅遇是那种聪明内敛、缓缓展示的类型，他常常像流水一样，给人平静温和，却又深不可测的感觉。而沈嚚，他像一个喜欢被夸夸的小朋友，又确实机灵伶俐，让人忍不住很愿意夸夸他。

程肆按部就班地拆完舅舅、外公外婆和姨妈的礼物，在所有礼物的下面放着一封信，写着"宝贝阿肆亲启"。

信封上熟悉的字迹让程肆呆滞了一秒，然后空荡荡的心像突然被塞满一样。

是妈妈！

她迫不及待地拆开信封，妈妈熟悉的字迹映入眼帘。

"宝贝，这是第一个没有妈妈陪在你身边的生日，不，或许妈妈会在你身边，只是我能看到你，你看不到我而已。哈哈，有没有害怕？（恶作剧吓你）

"生日快乐我的宝贝！又长大了一岁，今年的生日礼物妈妈已经帮你准备好了，在我房间的衣柜里，快去打开找找。以后妈妈只能以这样的方式陪你度过生日了，放心吧，妈妈的信每年都会准时到达。妈妈虽然离开了你，但爱你的心却留在了人间。所以你要快乐，要让我感受到，知道吗，爱你宝贝（无数句）。"

妈妈一如既往地风趣、温柔。

程肆看完已泪如雨下。

她拿着信跑到妈妈的房间，在衣柜的角落里，被衣服遮挡的地方塞着一只巨大的安睡月亮抱枕。

她小心地抱着它去找纸巾，不想眼泪沾湿它。

那天晚上程肆睡得很好，她抱着月亮，就像小时候抱着妈妈那样安宁。

她的床头，放着大家送她的礼物，她好像什么都没有失去过一样，安心地睡了。

第八章

我不允许任何人拆散他们三个！
给我锁死！

篮球赛之前，体育委员已经探过各班实力。

男篮和女篮，分别有三个班比较强，他们班男女均占。

不管男篮还是女篮，冠亚军最后肯定是在他们班和另外两个班之间产生。

因为这次自己还参与了啦啦队，所以体育委员也特别关注了一下别班啦啦队情况，确定只有他们班有男啦啦队，他有些小小的兴奋。

虽然一开始他和李卯卯强烈拒绝，但在训练的过程中，他不但慢慢地爱上了这个表演，还觉得体内部分舞蹈因子被唤醒了。

再说，连校草和校霸都可以坦然自若地跳啦啦舞，他又有什么豁不出去的。

他将在球赛当天获得和校草、校霸一样的注意力，想想还挺激动。

球赛那天，经过抽签，高二（7）班女篮比赛是第一场。

同时开场的还有男篮，但大家目光都聚焦在了高二（7）班这场女篮。

之前训练时，各个班级都会探听对方虚实。有人观看过（7）班女篮训练，疯传霸道校花能力出众，毕竟这可是当初直接上手痛打王冕的人。再加上比赛前一天不知道谁放出去风，高二（7）班啦啦队是男生组的，而且还有校草和校霸，想想两个人会大跳啦啦队舞蹈，许多想一睹风采的人闻风而至。

场下几乎聚满了全年级女生，李卯卯兴奋得跟猴儿一样满世界乱蹦。

不是对着自己手机播放的音乐扭一下胯，就是和体育委员互相跟对方眨一下眼。

周星野："哕。"

李卯卯拍他肩膀，挤眉弄眼地安慰他："兄弟，知道你羡慕嫉妒加紧张，别怕跳错，我们上场就是最大的突破。动作不一定非要一致，关键是什么？是自信，展示出我们阳光开朗大男孩的风采。"

说完胳膊碰了碰沈嚣："对吧，嚣宝？"

"唔。"沈嚣喝了口矿泉水不置可否。

既然消息放出了，大家现在也不避着其他班了，都在休息区以自己的方式放松。

傅遇也在积极地拉伸，他一向一板一眼，即使熟练，还是会老老实实复习。

只有沈嚣跟大爷似的倚在休息椅上，表面看着他平和得跟个佛一样，其实他内心也在复习舞蹈动作。到这一刻，他才有点纳闷，自己怎么都会跳啦啦队舞了，还要当着全校学生的面表演，见鬼……

刚刚李卯卯说什么阳光开朗大男孩？他跟这几个字有半毛钱关系？

正在这时，程肆她们换完衣服过来，程肆走到他身边拍拍他："加油啊同桌。"

并做双手握拳状给他们打气："期待你们的表演。"

看着程肆元气满满的笑脸，沈嚣刚刚的迷茫霎时有了落地的踏实感。

好好好，我同桌很期待哒。

傅遇走到程肆面前，帮她做上场前的检查，心细如发地发现她没戴护腕，立刻把自己手上的护腕摘下来递给她。

后面序薇和几个队员开始起哄："班长好细心喔。"

傅遇嘴角含笑，听着他又在叮嘱一些注意事项，沈嚣觉得有一千只苍蝇在耳边飞。

恰好这时广播播报，啦啦队要上场了，他借机拍了拍傅遇的肩喊："走了走了，我同桌都知道好吧。"

谁都没料到，高二（7）班啦啦队开场炸裂成这个样子。

一群穿白色球衣的男孩一上场，音乐刚播出来，就听到台下女生爆发出雷鸣般的掌声和尖叫声，谁能不喜欢一群一米八以上的阳光开朗大男孩跳舞取悦自己呢？

李卯卯这种显眼包怎么会放弃大场合下的出风头机会，他不但跳得好，连表情管理都参考了一些女团男团，时不时还会销魂地冲大家眨眼一下。那神情那舞姿，连序薇都自愧不如。她感慨道，男生妖娆起来，真没女生什么事了。

其他人也跟着音乐兴奋舞动，个个都是阳光开朗大男孩般的殷勤笑脸。

只有傅遇和沈嚣不同。傅遇仍旧是那种风轻云淡的疏离，沈嚣他根本就懒得管理表情，直接面无表情。

但是，谁在意呢？

台下女生：他已经跳啦啦队舞取悦我们了，表情高冷不谄媚不显得更禁欲吗？

台下男生也有不少起哄的，认识他们的那些人更是吹起口哨，喊着他们名字跟后援团似的。

特别是沈嚣认识的那帮学校显眼包，疯狂给沈嚣、李卯卯和周星野三个人送飞吻，并且在台下也学着他们扭动，不管跳得多好笑，气氛烘托到了高潮。

有一部分带手机的已经开始偷偷录像了。大家早就听说过（7）班校草校霸一起为自己班女生护驾的事，此刻看到两人为班上的女篮队员当啦啦队，莫名羡慕。

好热血好有班魂！

程肆在台下和班上的女生一起为场中间的男生呐喊、欢呼。

傅遇看到台下程肆挥手，本身礼貌疏离的微笑突然灿若朝阳，他笑意盈盈地看着她，漆黑深邃的眸子里都是欢喜。

本身酷得没边的沈嚣看到程肆挥手，也不由自主伸出手跟她回应，上一秒冷酷脸，下一秒突然笑开，像湖水突然荡起涟漪。

台下沸腾了——

"嗑到了嗑到了，看校霸笑得不值钱的样子。"

"是谁说校草温暖，这明明只暖一人啊。"

"不是啊，他们三个人笑，我在跟着笑什么啊。"

"他们在一个画面里时我眼睛好忙啊，要三个人轮流看。"

"天呐！校草的眼神好宠啊，校霸的瞬间变脸杀我！"

"眼里盛满星星就是他们这样吧！嗑！好嗑！"

"校花到底在对谁笑啊！"

"有什么关系！我磕的是三人！我不允许任何人拆散他们三个！给我锁死！"

欣赏过（7）班男生轰动的热场舞后，以程肆为首的（7）班女生闪亮登场。

（7）班第一场女篮比赛对战的是（1）班。

（1）班本无熟人，但程肆在（1）班队伍里看到了方霏霏，在小吃街挑衅她的那个高三学姐。

她很疑惑，旁边序薇立刻想起传闻为她解惑：听说前几天她从高三退下来了，好像因为成绩太差跟不上。

不过，没想到这场篮球赛她会上场，序薇有些担心地看了看程肆。

程肆倒没怎么担心，只是觉得方霏霏这操作有点迷惑，跟不上为什么不开始就留级，中途留级多少有些面子上挂不住吧……

方霏霏看到程肆却一点都不吃惊，自从她跟程肆交过手，断断续续从不同渠道知道了她的事迹。

当然她也早知道程肆会代表班上参加篮球比赛。

她最近正因为退级这个事烦得很，她爸让她留级她不愿意，背着他偷偷进了高三，以为生米煮成熟饭她爸就接受了，结果她爸知道后火冒三丈，直接到学校盯着她办理了留级手续。

真是丢人丢到姥姥家了，她考试成绩也没有很差，中下游，又不至于沦落到倒数，但她爸就是觉得她基础必须得打好才能参加高考，所以下了死命令，让她好好重读高二。

不管在学校里多么反叛，遇到一个常年镇压她的爹，她不得不屈服。

不管她多犟，她爹总能让她明白，青出于蓝不一定胜于蓝。

反正只要她成绩不保持在上游，她爹就让她留级重修。

满腔郁闷无处发泄，方霏霏瞟了程肆一眼，知道她月考全级第一，有的人天生优越得招人烦。

就他们优秀，就他们亮眼，不能少出点风头给别人点活路。

她倒要看看程肆打篮球能有什么大气候。

两班派出了跳球人员，恰好（1）班是方霏霏，（7）班是程肆。

方霏霏比程肆高一些，跳球的时候轻而易举把球揽到了自己场内。

方霏霏因为首球的成功，心里找回了点平衡。学习比不上程肆，打篮球可是她的统治区。

她以前是体育队的，只不过她爸觉得体育竞技危险，让她退了而已。

第一个球，（1）班开场顺利得分，（1）班响起一阵欢呼声。

体育委员在场下科普，（1）班女篮水平不错，是他们其中一个对手。

这场如果先端掉（1）班，那他们班后面就只剩（4）班一个对手。

其他班实力都不如这三个班级。

从看到方霏霏，傅遇便有些隐隐的担心，他怕她又像之前一样围猎程肆。

不过看了一会儿，傅遇放下心来，程肆不是一个冒进的人。和一开始就迫切显露实力的方霏霏不一样，程肆低调而稳妥，一直带着队员保持平稳状态，经过这些天的训练，她和队友配合得非常默契。

大家各司其职，对彼此的技术和站位都非常了解，所以从一开始程肆就制定了完善的策略。

先稳住分数，了解对手状态，然后再乘胜追击。

方霏霏却越打越急躁，她本以为很快就能跟（7）班拉开差距，没想到上半场都快要结束了，分数还是咬得非常紧。

程肆她们队看似没有突出队员，每个人都水平相当，但每个人都配合得滴水不漏，仿佛铁壁铜墙，无懈可击，很少能截到她们队的球。而且不管方霏霏队怎么抢先得分，程肆队都会立刻跟上。

她越打越有种不太好的感觉，被人一直追平比分，只有两种可能，要么大家确实实力相当，要么，另一队在控分。

虽然没有实际证据，但她隐隐有种担忧。

很快上半场结束，而两班得分并没有分出任何胜负，堪堪持平。

方霏霏下场后和搭档嘀咕，搭档喝了口水说是她想多了，两班水平确实差不多。

方霏霏也不好再说什么，她倒希望自己想多了，难不成自己之前和程肆交手被她回击出阴影来了，还是因为听到程肆的传说太多，对她有学霸滤镜了，所以才总觉得没那么简单。

方霏霏摇摇头，企图把这种挫败感甩出脑海，随便吧，兵来将挡，水来土掩。

她朝（7）班瞟了一眼。

程肆一下场，傅遇和沈嚣，还有其他男篮队员围了过来。

傅遇和沈嚣跟商量好似的，一人递毛巾，一人递水。

这也就算了，大家看到高一那个帅学弟许岷皓也在人群中，手里握着运动饮料，没机会递出去，但亲热地喊着："学姐。"

程肆看到他点了下头，并不惊讶他在。他一早就跟她说了，要来给她加油。

她说不用了，许岷皓坚持，她也随他了。

李卯卯瞥了许岷皓一眼，和其他几个男篮队员不动声色地把他挤到了圈外。

这小学弟自己班没有女生吗，总上他们班找他们班的女孩干吗呢？

许岷皓也不在意，就眯着笑眼站在圈外看着程肆。

李卯卯说："仙女，下半场可以放开打了吧，上半场压制实力很累吧。"

程肆倒不承认压制实力："上半场打得很紧张，我们紧赶慢赶才赶上比分。"

序薇点头："他们班还挺强的。"

旁边上场的云轻和其他两个女生队员也一一附和，交流了一下和对手接触的感受。

了解了对手实力后，男篮队又和她们探讨了一番，根据经验给出了一些具体的方案和建议。

许岷皓在人群外，不怎么说话，偶尔插一句，却也很有见地。

曲小强站在一旁欣慰地看着。

这就是优秀班级，不管做什么，男女生互相为对方着想，互相帮助。

他们班的男生并不会像有的班级的男生一样，轻视女生打球，觉得她们只是瞎玩，事不关己高高挂起。他们班男女生和谐相处的气氛，让他这个班主任都有些吃惊。

他读过太多心理学类的书籍，也听过太多同事聊起带学生的头疼。这个年龄的男生女生，都各有叛逆，性格也各有各的光明晦暗。

但他发现在他班上，大家主打一个敞亮乐观随和友好。

下半场很快开始了。

哨声一响，程肆带领着队员开始一反常态，进行激烈进攻。

开场就投中两个三分球，直接把（1）班队员给干蒙了。

方霏霏冷哼一声，看来自己的直觉没错。

原来上天不但不会给厉害的人关门，还会给她多开几扇常人没有的窗。

方霏霏的好胜心一下就被程肆激起，幸好她也调整策略，根据上场观察到的人员特点，重新更换了防守策略，只是没想到这场一开场，变成了她们追赶比分。

她开始和搭档联手不断上分，并且开始了一些违规踩边操作。

中途还根据体型差，换了个体型高壮的替补人员上来压制。

上半场的平和瞬间消失，下半场打了一会儿，程肆队一个队员就被方霏霏队那个替补球员撞伤下场了。

稳坐一线的曲小强急了，换替补休息的间隙，不断跟她们强调："我们最后的目的不是赢，重在参与，关键是你们不要让自己受伤。"

说完，曲小强担心地跟学生一起送受伤女生去医务室了。

剩下的队员哪儿会听这种重在参与的话，大家都有些闷气，哪儿能想到还有"脏手"。

程肆镇定地安慰着大家，根据对方新增球员更换了替补队员防守。

她和序薇也对方霏霏和她搭档开启了严防死守状态，让她们两个难以有效配合。

方霏霏队的进球大多都在她和搭档身上，方霏霏被程肆严防后，几乎失去了一半进球能力。即便她们队其他队员接到球投篮，命中率也明显下降。

方霏霏被防得烦躁，已经开始频频在身体上使用小动作。

但程肆像条鱼一样，滑不溜丢，难防又难对付。

下半场打到一半，比分渐渐拉开差距，程肆的三分球功不可没。

而且她的弹跳力和爆发力也很强，只要球到她手上，她就能各种姿势上篮。

起初大家都以为台下女生是奔着傅遇和沈嚣来的，但直到下半场程肆开始疯狂进球，高二（7）班学生才发现，场下这批同学也是为程肆而来的。因为她每次进球，场内都会欢声雷动，甚至比起开场啦啦队跳舞时的热闹有过之而无不及。

其实程肆在学校有一批默默的忠实拥趸，都是当初遭遇过王冕不轨行为，或对他的行为极其看不惯的女同学。大家都偷偷把程肆当酷姐观望，知道她比赛，都跑来给她加油。

即便方霏霏和搭档一直左右加攻防，但比分已经拉开了，再想力挽狂澜已经难了。

离比赛结束剩几秒的时候，程肆再次拿到了球。

最后这个球，程肆想着稳稳当当地投个三分完美结束，结果方霏霏不讲规矩，程肆抛出球的那刹那，她明明起跳已经晚了，或者说她故意晚了一步，以盖帽的姿势抬起手臂，手掌却劈头朝程肆的脸挥去。看得出来，这是奔着比赛结束，违规也没后顾之忧，公报私仇来的。

程肆情急之下向后倾斜，虽然旁边的云轻扑上去想拦截一下，但还是晚了一步，程肆一下摔倒在了地上。

沈嚣和傅遇，还有许岷皓噌的一下从位置上站了起来，李卯卯和周星野、体育委员也都跟着站起。

伴随着球落入网中，程肆摔倒在了地上。

大家欢呼起来，连外班的女生都替程肆欢呼起来，却也有些担心地看着她。

本班队员已经不顾及输赢，这已经是板上钉钉的事，大家更担心程肆。班上同学纷纷随傅遇和沈嚣赶了过来。

方霏霏看了她一眼，跟什么都没发生一样，不疾不徐回到自己班队伍。

反正比赛已经结束了，程肆死活和她无关。

拥挤的观众席上，王冕在角落扯唇一笑。

今天他本是来看云轻的，没想到还能看到这样的好戏，也算意外之喜了。

看来方霏霏和程肆没完了。没想到他曾种下的因，到现在还在源源不断地收获着果。

王冕已经有些后悔没好好利用今天这场比赛了，如果他多收买两个方霏霏的队友，这场球赛程肆还能全身而退？

都怪他最近把心思放在云轻身上太多，不过……他又看了看，站在程肆身边的云轻，她如果能用好，可比方霏霏威力大。

程肆瘫坐在地，虽然她对防脏手经验丰富，已经把伤害减至最小，没伤到关节，但手臂和腿的擦伤，火辣辣地疼痛起来。

傅遇吩咐旁边的同学："去医务室借个担架。"

程肆本身痛得有些嘶哈嘶哈，听到傅遇的话顿时被逗笑："没那么夸张，我能站起来。"

傅遇说："我背你去医务室。"

"跟上次一样吧，快些。"沈嚚说着在程肆另一边低下身，直接把她胳膊搭在了他肩上。

大家都没听明白跟上次一样是什么意思，两人已经各据程肆一边，双手交叉做担架，轻松地把程肆架起。程肆揽着两个人的肩膀，三人快速朝医务室奔去。

李卯卯跟周星野，序薇和云轻，还有许岷皓都在后面跟着。

曲小强刚在医务室安顿好上个受伤的学生，眼看着程肆又被抬了进来，吓了一跳。

刚开始受伤的那个女同学也吓了一跳，没想到技术高超的程肆也被下了脏手。

检查完确实如程肆所言，没有关节扭伤，大家才松了口气。

曲小强也松了口气，幸好两人都没什么大事，不然他可太难跟学生家长交代了。

（1）班学生也过分，比赛重在参与嘛，何必对他们班下狠手。

序薇在那里骂骂咧咧，说那个方霏霏一看就是大恶人。

校医给程肆涂药包扎，程肆反倒心平气和地宽慰起序薇："运动难免受伤。"

序薇看着程肆瞪大眼睛："运动是容易受伤，但对方是故意的！"

"故意的！"她加强语气，替程肆心疼。

"对，她是故意的。"程肆承认，大大咧咧道，"裁判判了她违规，但现在比赛结束了，我们也不能把她怎么样，毕竟她是借着比赛之机挑事。"

序薇发现，程肆是那种对女生很宽容的人，之前方霏霏挑事她也不生气、不动怒，还手也仅仅是为了不被欺负，小小惩戒了一下对方。

现在对方比赛时都下黑手了，她还是云淡风轻的。

"唉。"她叹了一口气有些气结，跟撞在棉花上一样，小声嘟哝，"怎么不能？"

程肆笑着拍了拍她的手臂，她知道序薇是为她好才会如此气愤，她给序薇分析："我如果私下再去把她揍一顿，那就是我寻衅滋事了，我跟她的恩怨也没完没了了。反正她也没给我造成什么无法挽回的伤害，暂且不跟她计较了。"

序薇噘着嘴还有不满："那她下次要是还来找事，我们一定不放过她。"

"好好好。"程肆答应着她，然后转移话题："关键这场是我们赢了呀！高兴起来！"

曲小强在一旁听着程肆和序薇的对话，心里又怜惜又欣慰。

怜惜自己的学生被欺负，觉得心疼，但同时又觉得欣慰，程肆明明桀骜，却又非常懂事。她有一套自己的做人行事准则，很坚定很善良。

身边几个男孩子看程肆不拖泥带水，也没再多说什么。

李卯卯也立刻顺着程肆的话附和："对对，本来三个班级实力比较强，现在淘汰一个，那我们就是冠亚军的候选了！"

旁边一直没吭声的云轻问："可班长这样，是不是不能上场了啊？"

程肆没注意云轻也跟了过来，她知道自己摔下那一刻，云轻有想从旁边拦截，所以对她有些感激。

经过这些天训练，她和云轻作为队友配合得不错，但作为个人，还处于不算太熟的状态。因为云轻不爱说话，她总是眨巴着大眼睛，忽闪忽闪地看着大家，但是很听话，会把自己的任务完成得很好。

序薇会叫她阿肆或仙女，云轻会端端正正喊她班长。

程肆说："没事，我们决赛是后天。皮外伤过一个晚上就没事了。"

沈嚣看了眼乐观的同桌，有条不紊地安排："到时看情况，你如果没好就不要上场了。"

他跟序薇说："你们要做替补队员上场的打算。"

程肆不服："我真觉得没多大事……"

傅遇轻拍她的肩宽慰道："别急，后天如果你没事，没人能拦得住你上场。"

程肆一听，那倒是，这句话说到她心坎里了。

曲小强问他们男篮的抽签定了没，男篮什么时候上场。

李卯卯突然有些兴奋："我想到一个好消息告诉大家，我们抽的是下午，对战的也是（1）班噢。"

"哇哦。"周星野推了推鼻梁上的眼镜，发出玩味的惊叹声。

他捣了捣沈嚣，沈嚣冷哼一声，虽然没说话，但眼神很明显跟灯泡似的亮了亮。

傅遇不动声色，他是三好学生，他可不做打击报复的事，他只按照规定来。

这下序薇开心了，她给几个人鼓劲："那你们下午要好好打，为我们仙女报仇雪恨。"

程肆无奈地笑了，知道此刻不管她说什么，他们都不会轻易放过（1）班。

但她很理解，因为如果此刻受伤的是他们班上其他同学，她也会同仇敌忾。

"说什么呢。"曲小强肯定不能任序薇这么怂恿，他跟几个男生交代："你们首要任务也是保证自己安全，然后也不要去刻意冲撞对方，和你们比赛的是同级同学，不是仇人。"

"放心吧老师，我们知道轻重。"傅遇跟曲小强保证。

曲小强站起身："行，那让程肆她们两个休息吧。"

"老师我陪她们。"

"老师我留下。"

"老师我在这里。"

序薇、傅遇、沈嚣三个人几乎异口同声。

程肆脑袋顿时有些嗡嗡的。

曲小强也脑袋嗡嗡的，知道自己班的学生团结，但也真的吵闹。

这时旁边的校医开口了："你们别都聚在这儿了，快跟老师回去，让她们在这里休息一下比什么都好。"

众人这才站起身。

沈嚣回过头，看到一直站在外围的许岷皓，微不可见地蹙眉道："你怎么还在这里？你们班没比赛吗？"

要搁别的同学看到沈嚣这张冷脸，早就不敢说话了，许岷皓却丝毫不怵，坦然自若地回道："比赛在下午。"

回完沈嚣，他看程肆："学姐，我中午给你带饭。"

"不用了，我给她带。"沈嚣冷着脸，干脆地拒绝了他。

任谁都看得出，校霸很讨厌这个学弟。

程肆心里无奈地叹了口气，她不知道沈嚣为什么不喜欢许岷皓。

她和善地跟许岷皓说："让我同桌带吧，你快回班专注你的比赛吧。"

许岷皓跟她说过他也参加了篮球赛。

许岷皓点头："好，那我比赛完再来看你。"

"不用……"程肆的话还没说出口，许岷皓已经蹦跶着退出去了。

其他人默默地偷笑着也走了。

序薇临走前小声跟程肆说："这个学弟真的蛮可爱。"

跟在序薇身后离开的傅遇看了序薇一眼，认真地问："是吗？不会嫌烦吗？"

程肆：……

好像傅遇也不太喜欢许岷皓。

序薇看出来了，校草和校霸都讨厌这个学弟，她立刻说："是我的菜，肯定不是仙女的菜。"

傅遇这才点了点头说："我觉得也不是。"

程肆：……

你们在说什么啊，无语。

程肆在医务室眯了一觉，睡醒发现，那个受伤女生已经被家人接走了。

程肆以为是她的伤变严重了才被接走的，吓了一跳。序薇偷偷告诉她，是趁下午没课回家偷懒去了。

沈嚣带的午餐不是学校餐厅的，是从湘城知名饭店送来的，美味佳肴摆满一桌。

"这也太多了吧。"程肆有些不忍浪费。

沈嚣说："那我喊卯卯老周过来一起吃"

最后即便四个人，也吃撑了。

序薇和傅遇吃完饭后过来看她，傅遇还给她带了一袋零食和饮料，程肆面露痛苦："太多了，我吃不下。"

傅遇说："没事，这是留给你下午吃的。"

吃完饭程肆要回班上，手臂和腿上的痛感已经褪去大半，现在虽然受伤的那块皮肤有些僵硬麻木感，但她完全可以自如行动。

傅遇跟校医确认好程肆没什么大碍，大家才陪着她回教室。

不过下午男篮队开场跳啦啦队舞时，大家都没让程肆再上了。

下午两点，（7）班对（1）班的男篮比赛准时开场。

傅遇、沈嚣他们一上场，（1）班男篮就感觉到了气氛凝固。

（7）班这群人个个脸色冷峻，（1）班男篮都明白怎么回事。

（1）班队长心里一凛，看来这是场硬仗，他们班女篮队的行为直接把（7）班男篮队的武力值拉满了。

这场的场外观众比上午还多，毕竟校草和校霸都在场上，还是第一次联手，加上上午程肆受伤，已经有好事者在告白墙上广而告之了。大家都翘首以盼，坐等观看校草和校霸如何回击。

两队上场在裁判两边站定，沈嚣问傅遇："赢多少分？"

傅遇遥遥看了眼休息区的程肆说："二十四。"

沈嚣咧嘴一笑，不可否认，他和傅遇在这点上还是非常有默契的。

站在他们对面，清晰地听到他们对话的（1）班队长和搭档，脸都绿了。

有见过当面打脸的吗？还没开始就先定胜负分数？欺人太甚！

裁判很快吹响哨声，（1）班队长屏息跳起，决定收敛心神投入比赛，他只当傅遇和沈嚣两人说大话好了。

结果，他和沈嚣同时跃上空中，沈嚣轻轻翻了下手腕，球乖顺地飞到他们场里。

（1）班队长的家在市体育馆旁边，算是自小在市体育馆长大的，虽然没经历过专业训练，但受过不少指点，在野生玩家里算是高手，在市体育馆也小有名气。

但在接下来的比赛里，他和队友间的传球，多次被沈嚣和傅遇断得干净。

他和傅遇打过，和沈嚣也打过，知道他们两个水平高，只是没想到，他们两个合体直接原地起飞。

他跟自己的队员明明也都配合得很好，但球就是一个接一个往（7）班队员手里跑，往他们篮筐里跑。

沈嚣平时大多数时间都懒洋洋的，但这次打球却带着一股狠劲。一向温文尔雅的傅遇，现在也面色冷峻，和沈嚣配合得天衣无缝，一个接一个玩一样地进球。

上半场打完，（1）班和（7）班比分足足差了一半。

（1）班队长直接被打蒙了。

这给（7）班的体育委员打兴奋了，他料到他们会赢，但没想到赢面这么大。

下场后，他问沈嚣和傅遇："下半场怎么打？"

沈嚣说："继续玩命进球，把差距拉高，然后再放水，送他们球。"

体育委员："……这……羞辱得有点太明显了吧，裁判能同意吗？"

傅遇拍了拍他的肩："胡说什么呢，我们只是开始打得太猛，累了。"

李卯卯在旁边听着这招乐不可支，他说："我看他们打完上半场脸都绿了，我要是他们，下半场我直接摆烂也不要这羞辱啊。"

周星野说："不会，他们当然想趁机追平比分。"

沈嚣点头："让他们处于好像能追上，却又追不上的状态。"

很快，下半场开始了，沈嚣跟傅遇带领着队员，仍旧杀气过境，不断进球。

当分数差距拉得差不多了，沈嚣一声令下："行了。"

全体队员立马明白他的意思，开始放水给（1）班进球。

一直放到，观众席上不懂球的人都看明白了。

这场羞辱可谓盛况空前。

而（1）班也如周星野所说，顶着羞辱顶着压力拼命进球，想趁这个时间把分数追平。

（1）班队长想起赛前沈嚣和傅遇说的二十四，越发发狠进球了，他还不信了，输他们二十四分。

但不管他多努力，最后比赛剩一分钟时，比分差距恰恰卡在了二十四分。

（1）班队长差点被气哭，这羞辱真落在头上的感觉太难受了！

（7）班几位大爷却跟玩似的，悠闲地在球场漫步。

最后三十秒，球落在了沈嚣手里。沈嚣本身站在进球最佳位置，但比分卡得正好，他轻蔑地看了（1）班队长一眼，直接甩手，把球传给了三分线外的李卯卯说："投。"

李卯卯三分球投得一向臭，所以沈嚣其实就是让他玩。

只是几个人万万没想到，平时一向三分命中率极低的李卯卯，跳起，抛出，球呈现一条完美的抛物线，直奔篮筐。

哗——比分一下多添三分，分差拉开至二十七。

（1）班队长刚还生气呢，一看这比分他甚至丧心病狂地想笑了。

虽然相差分数又多三分，但至少证明，他们控分失败！失败！

沈嚣震惊……转头呆滞地看李卯卯。

李卯卯也惊呆了，他哪儿能想到这个球进得这么准，他笑哈哈地高呼："哈哈哈哈，嚣宝，爷牛吧，爷还有这手气。"

沈嚣："……"

傅遇："……"

好好的拖延时间给他投进了。

"你可以不这么准，我们只要二十四分的差距。"沈嚣有些无力。

为什么？李卯卯纳闷，他没挨着沈嚣站，所以没听到他和傅遇说的二十四分。

"为什么二十四呀，二十七不更好吗？"

周星野拍拍他肩："卯呀，多用用脑子。"

第九章

为你，
千千万万次

时间所剩无几，还剩二十秒即将结束比赛了。

只能给（1）班再喂一个球了，还得保证是三分，但是谁知道（1）班有没有这个能耐投三分。

沈嚣有些烦躁。

傅遇低声说："发球，我有办法。"

沈嚣意外地看了他一眼，根本想不出这还能有什么办法。

但还是很快去发球。

傅遇接到球开始往对方场里跑，沈嚣不懂他的意思，但立马跟上，替他护人或随时接应。

（1）班看到傅遇带球往他们球场跑都呆了，连防守都忘了，什么操作。

李卯卯他们也呆了。

只见傅遇快速跑到（1）班三分线外，然后利用剩余不多的几秒精准起跳，投出。

观众席的大家都被这波操作搞蒙了，屏息看着这一幕。

砰——

一个漂亮的三分球，稳稳落入（1）班网内。

裁判哨声响起，比赛结束。

傅遇成功投进对方篮筐里的球，算对方的分数。

比分差距再次成功拉到了二十四分。

卧槽！！！

场上所有人都惊呆了：为什么要送对方班级三分？

沈嚣却哈哈大笑起来，他第一次笑得这么大声，跑到傅遇身边，跟他击了个掌，拜服："还是你高。"

傅遇举起护腕优雅地擦了擦脸上的汗水。

其他人都云里雾里，不知道傅遇为什么要这样做。

但（1）班队长明白。他站在原地咬牙切齿，真是疯子，疯子！

程肆也纳闷傅遇的操作。

所以他们一下场，她就冲了过去，一人递了一瓶水，连珠炮般地问道："什么意思啊？为什么要送他们三分？后面放水不是已经送他们很多分了吗?"

身后的李卯卯和体育委员也一头雾水。

傅遇和沈嚣拿着毛巾擦汗,但笑不语。

一向不显山露水却机智的周星野及时解惑,说了一句:"你看两班分数差多少。"

体育委员看都不用看直接脱口而出:"二十四啊。"

李卯卯看到程肆球衣上大大的"24"的数字,突然茅塞顿开,指着程肆的球衣:"啊!原来是这样!"

程肆明白过来哭笑不得,但她还是用力拍了拍傅遇和沈嚣的手臂,肯定道:"兄弟,够意思!"

傅遇喝完水,看着程肆爽朗的模样,莫名想起一句话,下一刻他便不由自主,脱口而出:"为你,千千万万次。"

有那么一瞬间,程肆觉得,身旁所有的喧嚣突然静止,这句话震耳欲聋地回响在耳边。

她曾被电影《追风筝的人》里这句话深深打动过,那个小男孩一遍遍对自己的伙伴说"为你,千千万万次",一遍遍勇往地为他去追逐他想赢得的荣耀。

程肆没想到,有一天,有一个人会将这句话身体力行地传达给她。

也许他并不理解这句话在她心中的分量,只有她自己知道听到这句话那一刻的力量。她内心深处断裂的地方,好像在被一股温暖的泉水,不断地渗入着。

傅遇说完立刻低头拿毛巾擦起了头发,来掩盖他刚刚脱口而出的慌张。太奇怪了,他为什么会把这句话说出来,虽然他确实这么想。

故作镇定之后,他的嘴角却又忍不住荡起隐秘而温柔的弧度。

沈嚣在球场上对傅遇生出的那点惺惺相惜瞬间破灭，这人怎么回事，动不动就引经据典，在他同桌面前胡言乱语，妖言惑众。

他灌了几口水，哼，打不过，就加入。

他及时跟了一句《三国演义》里张飞那个经典表情包，模仿着他的粗犷声音道："俺也一样。"

哈哈哈，旁边周星野和李卯卯喷笑，他家嚣宝太可爱了。

"俺也一样，哈哈哈。"李卯卯也跟着模仿一句，笑得直打鸣。

"俺也……一样。"周星野也轻笑着重复，眼里尽是揶揄。

程肆也觉得好笑，也学着接了句："俺也一样。"

她拍着傅遇的肩，也是对他那句话的回应。

不管怎样，大家都知道（7）班赢了，校草和校霸组合，无敌。

而且还是以一种极度羞辱对方的方式赢得胜利。

那天学校的贴吧里，告白墙上，各个小群里，都在讨论傅遇这波操作。

有同学轻易就分析了出来："你们不要光看两班比分，你们要算两班差多少分。"

有人不明真相："二十四分啊，怎么了？"

有人回复："串起来看，两班女篮对阵的时候，虽然他们班也赢了，但对方班级把校花绊倒了，进了医务室啊。"

"所以？校草跟校霸就带着自己班男篮打得（1）班满地找牙？"

"太感人了。保护我班女生！希望我们班男生也都有这个自觉。"

有人发现评论还是没抓住重点，叹了口气回复："唉！你们真笨！想想校花的球衣号码是多少！"

有人立刻投稿了程肆穿着球衣的照片。

程肆穿着 24 号球衣笑靥如花。

瞬间那张照片下面的回复开始感叹号排队。

原来是用暴击的方式让你们记住这个数字。

24 号，是你们惹不起的人。

结论很快被转发到贴吧，转发到各个小群。

那天学生之间传炸了，使大家改观最大的是校草傅遇。大家都说别看校草平时温文尔雅，这才是真正的狠人一个。

第二天，王冕迅速找到后面和（7）班女篮对局的班，并悄悄收买了其中一个队员。

只有一个要求：不管轻重，见伤都行。

因为相隔甚远，而且在球赛中受伤合理，所以根本就怀疑不到他头上。

收买完，他乐滋滋地和自己平日里用钱收买的几个小弟去餐厅吃饭，他们去得有些晚，挑了一个餐厅出口处的位置坐。

他们边吃边看其他吃完饭从这里经过的女生，大声谈笑评判。

有认识的女生看到他们，怕被开玩笑，低着头三步并作两步匆匆走过。

云轻独自吃完饭，端着餐盘经过他们桌边时，王冕突然似笑非笑地喊她："云轻美女。"

云轻没想到王冕认识她，不过也不稀奇，她也知道他的名字和事迹。她不想搭理他，索性装出受惊的样子，不知所措地看了他一眼，快速离开了。

王冕哈哈大笑，根据他对她这阵的跟踪观察，他肯定她这无辜又受惊吓的样子是装的。

他可是亲眼看到过她恶狠狠踢路边小猫的样子。

不过正是这样，他才觉得好玩。

如果人如外表那样温暾，反而不好玩了呢。

反倒是她这样演技一流才显得格外有趣。

他倒没有再纠缠，他只是随便喊喊，让她对他留个印象罢了。

云轻走开后，他们继续看着来来往往的女生。

突然王冕锁定了一个人影，大声喊着："喂，陈嘘嘘，你躲什么？"

那个人影瑟缩了一下，那是一个有些胖的女生，跟王冕同学多年。但王冕从小学就开始取笑她，她碰到王冕则是能躲多远就躲多远，王冕犹如她的噩梦。

这次也不例外，她看到王冕已经做好退回准备了，没想到王冕还是看到了她，并大声叫着他给她取的外号"陈嘘嘘"。

其实女生叫"陈絮絮"。

陈絮絮端着餐盘，身体僵硬地站在临近出口处，突然走也不是，不走也不是，最后想了想站在原地。因为以前她走，王冕会追上她，不但嘲笑她，还会打她。

现在当着众人的面，还好他只是再次开启嘲笑模式："哟，陈嘘嘘，你这是刚吃完饭呢，你还好意思吃饭？啧啧，你这餐盘吃得干净，你知道有句话叫'好女不过百'吗？"

陈絮絮心里已经麻木，她从小胖到大，也从小被嘲笑到大。起初她还会哭，但现在已经学会无视了，除了有些尴尬，她已经不再难受了。

她只希望王冕尽快说完，放她离开。

结果王冕贪婪的目光在她的胸上来回徘徊了几下后，继续说："你这肉倒也不白长，有些还是长到了合适的地方嘛。"

说完，王冕和他身边的兄弟都发出龌龊的笑声。

因为要比赛，所以程肆没回家，和序薇一起在餐厅吃饭。

结果刚吃完走到出口处，就听到了这些猥琐的话，看到了这个恶心的场面。

她简直匪夷所思，大庭广众之下，王冕竟敢这么放肆。

眼看着快把自己缩成一团瑟瑟发抖的女孩，她走上去站在她身边，皱眉斜睨着王冕。

王冕肯定不想招惹程肆，但看着她又停下来一副想多管闲事的样子，他心头一阵烦躁。

程肆连话都不用说，光是那双嫌弃又不屑的眼，已经狠狠地剜进了他心里。

王冕最讨厌程肆这个样子，从认识到现在，她看他都带着高高在上的不屑。

在场所有人都知道程肆跟王冕的过节儿，所以大家均默默不敢作声。

而王冕在这样的场合下，当然不能输。

他面对程肆直观的挑衅，不得不迎战。

他眯了眯眼，也装得不屑又纨绔地看了程肆一眼，问："丑八怪，看什么？"

"看猥琐男啊。"程肆用轻描淡写的口气，说着最狠的话，"没听过吗，只有猥琐男才会紧盯着女生挑刺。"

对于程肆，王冕总有种恨得牙痒痒却又有些无可奈何的感觉，打不过，骂不过。最后他还是只能恶狠狠地说一句"别犯贱"以示警告。

但程肆永远知道怎么把王冕气死。

她用那种打量的眼光上下扫视了一遍王冕，在王冕被她看毛的时候，她突然做出一副请教的姿态，甜甜笑道："我有时候真的有些不明白，你有什么资本嘲笑别人啊？"

说完她不给王冕说话的机会，一脸纳闷地自问自答："你也并不高，并不瘦，并不好看啊……所以才先发制人吗？"

旁边序薇噗的一声，低头默默地笑了。

周围看热闹的人，也都默默笑了。

王冕气急败坏，他一时找不到可以攻击程肆的点，只能恶狠狠道："别逼我扇你。"

程肆冷笑一声，看出他黔驴技穷，她也不想和他纠缠，反正她该说的都说完了，点到即止。

她把陈絮絮的餐盘一起拿过来放在了回收处，然后推着陈絮絮一起走了。

王冕阴着脸看着她的背影，心里冷哼："球赛要你好看。"

傅遇和沈嚣练球没去餐厅。

听到餐厅一幕已是下午比赛完，两人听到皆是一惊。

放学回去的路上，两人护送着程肆，真是没想到她前脚才受过伤，后脚攻击力仍旧那么强。

傅遇说："你别再跟王冕正面对冲，你在明他在暗，很容易吃亏。"

程肆想到可怜的陈絮絮叹了口气："我也不想搭理这个癞蛤蟆，但你们没看到当时的场景多恶心，我真的不明白他怎么能那么猥琐，人渣，天天盯着女生欺负。"

沈嚣赞同她："的确是少有的人渣。"

傅遇说："就算他是人渣，你也不是人渣过滤器，不必次次以身犯险。"

程肆说："那你说碰到这样的事怎么办？"

傅遇沉默了一下，他知道程肆说得不是没道理，也知道她做得对，但他怕王冕手段太脏。

他若有所思道："如果他有比较严重的犯浑证据就好了，让学校出面清理人渣。"

程肆眼前一亮，不失为一个好办法。

但是她转瞬又有些泄气，王冕这个人，贼得很。他不会让学校抓到他违反校规的证据，不然这么久了，该抓早抓了。

沈嚣说："再等等看吧，留意一下看有没有其他受害者，说不定有一个受害者联盟呢。"

"希望有吧。"程肆不抱希望。

傅遇和沈嚣也只是做一个假设期望，其实关键还是苦口婆心交代了程肆一遍，以后不管去哪儿，最好有同伴，不管在学校还是在外面，都不要单独行动。

程肆很听话配合，点头如捣蒜地接受了他们的交代。

反正对她好的，她都不会反驳。

不过他们只顾防王冕，却不知道王冕早学会灵活运用金钱为自己遮掩了。

女篮决赛在球赛最后一天，他们班的对手是（4）班。

而（4）班被王冕买通的那个女生，一开场就盯着程肆穷追猛打，而且是那种不惜犯规架势的打。

序薇心内直骂，这人有病吧？

傅遇跟沈嚣站在台下皱眉，不知道是不是对方班级的策略，先派一个最差的上来把对方主力给打下去。

他们有些担心，想喊暂停。

程肆却仿佛知道他们的担心，冲他们比画了一个 OK 的手势，示意他们少安毋躁。

她一开始就看出了女生的企图，不过对于这种用力过猛的犯规打法她倒不怕。

她很快借着一些假动作，引诱女生频繁犯规，把她罚下场。

王冕本来信心满满地等着喜报，结果没想到这次付了钱却抓瞎。

方霏霏那次是无心插柳柳成荫，这次却是有心栽花花不开。

王冕虽然生气，却也毫无办法。

只能呸了几句，悻悻地继续找寻下一次机会。

反正只要他们在同一个校园，他便有无数机会。

虽然后面（4）班没再出什么幺蛾子，但直到比赛结束大家才放下心来。

（7）班比分领先（4）班，不负众望，赢得了女篮冠军。

而（7）班男篮，也同样拿到了冠军。

他们为这场球赛画下完美句号。

看着站在冠军领奖台上的学生，曲小强脸都乐僵了。

世间法则就是如此，越团结越容易出成绩。

结束后，他请全班都喝了奶茶，并买了好几箱零食发给大家。

大家嘎嘣嘎嘣吃得不亦乐乎时，他开始给大家鼓劲："我们班篮球赛夺冠，老师非常高兴，老师相信你们，期中考试也一定能考出优异成绩，你们肯定也能像月考和这次篮球赛一样，再接再厉，再摘桂冠。"

啊？大家手里的零食顿时没那么香了。

"唉——"铺天盖地的哀叹声顿时遍布整个班级，月底要期中考试了。

高二其实也毫无轻松可言，老师讲课进程加速，考试一轮接着一轮，大家的时间越来越紧。

他们现在比高三稍好一些的，无非是还拥有正常节假日，学校活动还能正常参与，高三基本就没有这些事了。

除了学习，只剩学习。

所以曲小强含笑安慰大家："哎什么呀，我们高二已经劳逸结合得很合理了。"

"切——"大家拉长声音，又是一片哀怨。

曲小强笑眯眯，完全理解学生的痛苦，学生不想上学，老师其实也没那么爱上班。

但社会运转需要大家各司其职。

莘莘学子嘴上抱怨，心里却明镜一般，清楚地知道偷懒的时光是短暂的。

篮球赛结束的第二天，大家已经又快速投入学习中去了。

下午上完课，曲小强把傅遇和程肆喊到了办公室，聊起沈嚣。

他说："我看你们经常一起放学，关系不错，有件事必须和你们唠唠，关于沈嚣的学习……"

曲小强说起，程肆才知道。沈嚣理科成绩不错，因为和他爸闹矛盾，所以文理分科时他执意选文科，沈嚣之前的班主任急得脑袋涨大一圈，却怎么也劝不住。

曲小强的意思是，既然现在选了文科那就好好学文科吧，关键是他也不学啊，所以他想让傅遇和程肆帮助沈嚣一起学习。

傅遇没吭声，看程肆。

曲小强也看程肆，其实主要也是看程肆，看得出来沈嚣对程肆有那么点言听计从。

程肆犹豫了一下，一本正经道："老师，我觉得吧，放下助人情结，遵从各人命运，是为善哉。"

傅遇没忍住，闷笑起来。

曲小强脸色一时变幻莫测，学生这是在点他不善呢？

程肆也突然意识过来这句话的不妥，立刻解释："不不，老师，我的意思是沈嚣连父母的话都不听，怎么可能听我们的？"

程肆一直以来的观念，都是朋友之间交往，本来就应该建立在互相尊重的前提下。肯定不能因为大家关系不错，就打着"为你好"的幌子去强求别人。

曲小强却说："那也不一定，你们这个年龄，反倒更容易和朋友交流。因为长辈都是过来人，总会抱着想让你们少走弯路的心态，而对你们或多加管束，或严格镇压。朋友却是善解人意的，而且要好的朋友是最容易一起成长的，对吧？"

这点程肆倒是完全赞同，她从小到大都是和好朋友一起长大的，她很清楚他们的话对彼此有多重要，他们互相鼓励互相影响着。

曲小强看她赞同，继续说道："我觉得，沈嚣应该也愿意和你们一起学习，你们学习的时候捎带他一下就行，也不强迫，先尝试一下。"

"好。"程肆不再挣扎，干脆答应。

"老师，那我们先试试。"傅遇比较保守。

"行。"曲小强心满意足。只要能循序渐进地推动沈嚣就行，他倒没指望立竿见影。

程肆回到班里时，沈嚣问她："小强找你们干吗？"

"让我们助人为乐。"程肆没打算瞒他。

沈嚣有些不懂："助谁？"

程肆："你……"

沈嚣："……"

程肆："老师不忍明珠蒙尘，让我们对你进行二对一帮助。"

沈嚣不解："一对一不就行了，干吗还二对一。"

"双保险。"

程肆没想到，沈嚣不但一点没反感，还答应得很爽快："那辛苦同桌了。"

然后积极地问道："你打算怎么帮助我？"

程肆意外："你不反感逼你学习？"

沈嚣现在卖乖卖得越来越顺手："那得看谁，我同桌这么美丽大方善良，逼我学习肯定是为我好啊。"

程肆点头："好，很好，既然你都会催眠自己了，我也不客气了。首先上课睡觉这个事……你得戒掉。"

她怀疑道："你能行吗？"

沈嚣态度很端正："……我会尽力。"

沈嚣话是这么说，但后面几天他才体会到每天上课不睡觉是一件多么困难的事。

每次他听老师讲课听得昏昏欲睡时，程肆都会及时发现，并戳戳他，让他专心。

沈嚣是想专心来着，可他的眼睛不听话呀。

程肆了解了沈嚣之前的成绩后，有些叹气，路漫漫其修远兮。

她跟傅遇商量后，决定开启润物细无声的补习方式。他们从网上找了很多有声广播，程肆下课或自习课都会播放一下。如果她和沈嚣不出去活动，她就会自己戴一只耳机，给沈嚣塞一只耳机。

起初沈嚣不明所以，他戴上耳机听到里面的内容才明白过来，这也是程肆的一种学习方式，靠听增加记忆。有时候是放历史故事，有时是地理分析，突然有一天，他听到一篇熟悉的课文，好像是初中学过的。他有些不解："这是初中的课文吗？"

程肆点头。

沈嚣意外："你为什么现在还需要复习初中课文？"

程肆以一种怜悯的、看智障的眼光看着他："你以为这里面的东西都是放给我听的吗？"

沈嚣："……"

程肆补刀："这都是找给你听的呀！你最近听的都是初中知识，不只是这篇课文。"

沈嚣："……"

程肆闷笑："恭喜你啊，终于听出来了。"

沈嚣第一次明白了被人羞辱的滋味，可他不但没有任何惭愧，还反而觉得有点点感动，他同桌为了给他补课可真细心，系统地从头再来。

自从接受了程肆给自己补课，许岷皓再来找她借笔记时，沈嚚跟他说："小孩儿，这是我老师，她在给我补课，你需要问问题去问你自己的老师吧。"

许岷皓哪儿能想到冷面校霸这么幼稚。

他也不生气，也不理沈嚚，反正他有程肆的 QQ，还是会礼貌地跟程肆借书、问问题。

程肆觉得许岷皓这个小学弟挺不错的，学习好，篮球打得也好，听说上次参与篮球赛，他也带领同学夺得了高一组冠军。

序薇喜欢跟他说话，许岷皓知道序薇和程肆关系好，所以也很乐意和序薇多说几句。

序薇跟程肆说，别看皓弟在你面前总是乖巧礼貌，我问过一些高一的学妹，他也是年级风云人物哦。他们高一都知道，他是跩哥来着。

程肆不由得失笑，许岷皓的长相明明属于甜系帅哥啊。

而且她每次见到他，他都是春风拂面的样子，她很难理解他是跩哥。

虽然沈嚚课堂上偶尔还会睡觉，但已经越来越少了。

平时下晚自习，他们也都会在傅爷爷的店里再多复习一个小时再回家，加上程肆和傅遇平时见缝插针地给他补课，沈嚚觉得自己的文科知识突飞猛进。

而程肆给沈嚚补习后也发现，沈嚚其实记忆力很好，他不是学得差，他只是不学罢了。他考试的及格分，都是上课有一搭没一搭听来的，他课下完全没有复习过。所以当他真正开始学习时，程肆意识到了思维敏捷的人学东西之快速。这个家伙背东西竟然比她都快，她流下了羡慕的泪水。

而沈嚣，因为傅遇、程肆偶尔会和他比赛背书，所以渐渐发现他也背得挺快，有几次还超越了程肆和傅遇，渐渐他就学出兴趣来了。确切地说，是比出兴趣了。他就喜欢看傅遇和程肆两个人幽怨地瞪着他的模样。

每当这时，他都会跟樱木花道似的仰天长笑，膨胀地开始跟两个人吹嘘："哎，没办法，天才就是这么来的。"

傅遇和程肆想给自己额头上画一滴汗。

三个人一起学习，确实比一个人学习有趣。

因为三个人都是聪明人，谁也不服输，越竞争越来劲，越觉得开心有趣。

有棋逢对手的感觉。

期中考试前一天，为了让学生好好休息，好好准备第二天考试，晚上没上晚自习。

但程肆、傅遇、沈嚣三个人，依然还是约在傅爷爷的店里复习。

九点的时候，程肆揉了揉眼睛有些累，傅遇注意到，说："我们今天到此结束吧。"

程肆点头："也行，坐了一天有些僵，去走走吧。"

不知不觉已是深秋，天已经有些凉了。

三人在江边溜达。降温后，江边风大，溜达的人越来越少了，谁也不想喝冷风。

所以只有程肆、沈嚣、傅遇三个人，程肆滑滑板，沈嚣和傅遇跑步。

三个人慢悠悠地在江边逛着，在一处比较昏暗的路灯下，他们看到有一个人在江岸边跳街舞。动作利索潇洒，因为穿着卫衣戴着帽子，所以看不清人脸。

　　刚好滑累了，程肆不由找了一处台阶坐下，原地看了起来。

　　沈嚣和傅遇也在她左右大刺刺坐下。

　　程肆一边看人跳舞，一边和傅遇聊着刚刚复习过的内容，其实也是为了给沈嚣加强记忆。

　　跳舞的人仿佛有情绪一样，程肆看得出来，"他"压抑而又激烈地想努力挣脱什么，拼命地用肢体表达着。

　　不知道看了多久，反正他们差不多快复习完了，舞者终于跳累了，把音乐关掉，拎起音响往回走。

　　舞者一直失意地低着头走路，自台阶拾级而上。

　　因为感受到前面有人，所以"他"仰头看了一眼，程肆也不经意低头看了一眼。

　　俯仰之间，程肆非常意外。

　　"白梦？"她喊出神秘舞者的名字。

　　傅遇和沈嚣转头惊愕地朝舞者望去。

　　白梦没料到又意外碰到他们三个，她讷讷地看着眼前的同学："这么晚了你们怎么在这里？"

　　"是这么晚了，你怎么会一个人在江边？"程肆关切地问道。

　　她可是有两个保镖的，白梦在她眼里一直都是柔弱文静、最容易被坏人当作欺负对象的类型，这么晚了却在江边跳街舞？

　　对，跳街舞，她竟然会跳街舞，还跳得这么好。

傅遇也有些意外，他并不知道白梦会跳街舞。

白梦依旧是被后妈骂了跑出来的，每当在家里不顺心时，她都会跑出来安静一会儿。

"我和家里吵架了。"白梦说着和之前遇到时如出一辙的理由。

程肆心里判断，她应该和家里关系非常差。

她立刻岔开话题："你刚刚跳舞太帅了，我还以为是一个男孩子在跳，没想到是你啊！"

白梦被夸了有些不好意思道："我……就是平时看别人跳着好玩，所以模仿他们，瞎跳。"

"你没学过啊？"程肆更吃惊了。

白梦说："也学，在网上找教程自己对着练。"

"那你好有天赋啊。"程肆夸她。

白梦虽然被夸得特别高兴，但两个男生在，她还是很害羞地摆手："我跳得不好，比我跳得好的人特别多。"

她其实只是因为满腔愤怒和哀怨无处发泄，所以小时候看到有人跳街舞和斗舞，她觉得很有意思，好像是一种文明的发泄方式。

而且那天看完后，自己就很想尝试，所以在黑夜里一个人模仿着那些舞者斗舞的动作，跳得满身大汗。

从那以后，她好像突然找到了发泄的方式。

每当不愉快的时候，就会一个人找地方跳街舞。

但只限晚上，夜色之下，她才仿佛可以变成另外一个人，肆无忌惮地发泄。

程肆知道白梦腼腆，所以也没再继续，只是笑眯眯地问她："你要回去了吗？"

白梦点头，踟蹰了一下问他们："你们回吗？"

程肆说："一起吧。"

路上，白梦才发现，程肆和傅遇都在帮沈嚣补习，她的加入并不尴尬，中间程肆给她递话，她也能穿插着补充几句。

程肆问她复习得怎么样，白梦说，还不够充分。

所以路上她也跟着他们又复习了一些。

期中考试考得很快，出成绩也很快。

五天之内，全部结束。这次考试，程肆依旧保持了年级第一的好成绩，傅遇依旧年级第二。

如果说第一次程肆抢占了傅遇的第一名是校园新闻，第二次大家已经习以为常。

因为纪录被打破一次后，将不再是神话。

上次程肆比傅遇高了一分，而这次直接高了五分。

她检查了一下卷子，发现这次没有犯任何简单问题错误，她很满意。

最让人吃惊的是沈嚣，他不过补习了半个月，却猛然往前跃了五十名。

曲小强高兴得连连夸赞，还把他当作学习榜样，敲打李卯卯。

李卯卯撇撇嘴抱怨："老师，那也不能怪我不进步啊，我同桌又不帮我补习。"

"……"周星野转头看着让自己背锅的兄弟，刚想张口说话。

李卯卯及时伸手勒住了他的脖子，并捂住了他的嘴。

周星野无语地翻了个白眼。

大家笑了起来，曲小强说："行吧，周星野，你同桌的成绩就交给你了。"

周星野虽然被捂住嘴不能说话，却坚持向曲小强比了一个 OK 的手势。等李卯卯刚一放开他，他立刻大声保证："老班放心吧，以后我一定以督促李卯卯学习为己任。"

李卯卯连连摆手："不必不必，我对自己的成绩很满意。"

傅遇对自己退居第二名这件事非常习惯，而且坦然自若。

但沈嚣还没欠够。

放学回去的路上，他欠欠地问傅遇："你到底行不行啊，原来不是次次考第一嘛，这都输给我同桌两次了。"

程肆："……"

真是服了，她觉得沈嚣一天到晚跟只好斗大公鸡似的，没事啄两下傅遇。

傅遇呢，每次都让他跟打在棉花上差不多，不但不生气，还跟个世外高人似的超然，慢悠悠地跟他说："高处不胜寒久了，现在突然来个人和我并肩，这种感觉怎么说呢？"

傅遇转头看了看他，摇了摇头："唉，反正你不懂，你只懂进步了五十名也无非考了三百名的感受。"

沈嚣一下被傅遇噎到了。

"哈哈哈。"程肆大笑，伸手戳沈嚣，"舒服了吧？"

沈嚣冷哼，语调散漫："那你可得守好你的第二，毕竟我多进步两次，可能你连第二都没了。"

"哟，好大的口气。"傅遇打趣他，"那我可就拭目以待了。"

"我不会等太久吧。"他又加一句。

他是知道怎么刺激沈嚣的。

考完后的周末，程肆和沈嚣照例在傅爷爷店里一起学习。

那天上午他们一到店，傅爷爷就热情邀请："今天中午都在这里吃饭吧。"

程肆爽快地答应："好呀，好久没吃爷爷做的菜了。"

沈嚣不冷酷后也很懂人情世故："麻烦爷爷了。"

傅爷爷很高兴，一直在后厨忙活。

中午的时候，四菜一汤吃完，傅爷爷端上来一个蛋糕，说："今天刚好小遇生日，谢谢你们陪他过生日。"

"哈？"程肆转头看傅遇，眼神里闪烁着不满的光芒，"不负相遇，你怎么都不提前告诉我们你生日呀？是不是我们今天中午不留下吃饭你也不会说呀？"

傅遇在拆生日蛋糕的包装，笑了笑没说话，他是这样的性格。

傅爷爷乐呵呵地替他解释："他就这样，怕麻烦别人，他怕你们有事。"

"有事也可以给你过生日呀。"程肆佯装生气地瞪傅遇，有一些埋怨，"你是不是没把我们当朋友？"

"不是不是。"傅遇一听这话急了，耐心解释，"我只是还没习惯邀请朋友一起过生日，因为以前的生日也都是和家人一起过的嘛。"

程肆看到他着急就安心了，不好意思地承认："也怪我大意，上次你们给我过生日时，我都忘了问你们生日时间，原来你是11月28号呀。"

傅遇点头。

程肆边帮傅遇掀开生日蛋糕包装，边问沈嚣："嚣宝，你什么时候生日？"

沈嚣第一次后悔自己的生日在暑假，现在还离得远呢，他瓮声瓮气道："8月8号。"

"咦？"程肆跟发现新大陆似的惊喜道，"好巧啊，我们的生日都是8哎，你是8，我是18，傅遇是28。"

傅爷爷笑眯眯地看着活泼的程肆："所以你们现在要好好地坐在一桌吃饭呀。"

程肆没心没肺道："这么有缘的事，要搁古代，我们都可以结拜兄妹了。"

傅遇："……"

沈嚣："……"

生怕她下一刻就站起来拉住他们两个去结拜，沈嚣立刻摆出一副很欠扁的表情："你这么想喊我哥啊？"

他是知道怎么气程肆的。

果然程肆一听这话立马嫌弃得不得了："你这么幼稚，喊我姐还差不多。"

傅遇笑着听着幼稚的两个人斗嘴，及时点上了蜡烛。

他们给傅遇唱了生日歌后，傅遇闭眼许愿。

除了爷爷，他在这世间已经没有什么亲人了，以前许愿他希望家人健康、永远快乐，现在他也仍旧先许愿：希望爷爷健康，长命百岁。

然后，黑暗的世界里，他突然想起闭眼前看到程肆天真澄澈的眼神，他再加一个愿望：希望程肆永远快乐，也一直……在我……算了，她快乐平安就好。

许到她名字时，傅遇心尖颤巍巍地抖动了一下。

　　他有些慌乱许愿时满心都是她，却又隐约而模糊地明白把她加入愿望清单的意思。他喜欢和她在一起的感觉，他希望，一直都能和她在一起。

　　只是，如果不能也没关系，那就希望她永远平安。

　　睁开眼第一眼看到的，仍旧是程肆热情的面容，他心头又是一阵悸动。

　　程肆并不知道这一切，她在那里闹着让傅遇再许一个明愿，明愿就是要讲出口给大家听的愿望。

　　傅遇弯了弯唇角，听话地许了一个："希望世界和平。"

　　程肆不满道："不要宏大，要利己，自己的生日，要许一个利己的愿望。"

　　傅遇想了想，利己？他想不出自己有何求，此刻他觉得世间对他重要的，已经都在身边了。

　　最后他说："那祝我们都心想事成！"

　　程肆举起杯："OK，祝我们心想事成！"

　　吃完生日蛋糕，程肆鼓动着出去逛逛，给他买生日礼物。

　　傅遇温柔地拒绝了她的好意："你们陪我过生日，我已经很开心了。"

　　程肆说："你就同意吧，是我为了出去逛逛找的理由，好久都没逛街了。"

　　傅遇立刻答应："好。"

　　之前是篮球赛训练，后来又给沈嚣补习，所以他们确实很久没陪程肆逛过了。

　　程肆走在繁华的街上，作势吸了口气，感慨："哇，繁华人间的味道。"

沈嚚觉得她好笑："你之前不在人间呀。"

程肆一脸真诚地信口胡诌："是啊，天上修炼百年，如今上神我刚下凡间，你们，且陪我到处走走吧。"

傅遇含笑，拖长声音配合："是，上神。"

程肆不知道给傅遇买什么礼物，她每年都会给关风买礼物，但关风的礼物很好选，只要是跟篮球有关的都行。也有其他男生朋友，但一般都是她和关风、关若的共同朋友，所以他们会凑钱一起送个大的，至于送什么，一般都是关风决定，因为男生更了解男生嘛。

所以其实，傅遇算是除了关风以外，程肆第一个送礼物的男生。

不过程肆一点也不愁，她想着，先逛着，反正看到傅遇喜欢什么就给他买什么好了。

不过还没给傅遇看到礼物，程肆倒先看到了一个自己喜欢的包。

粉色的斜挎包，又甜又酷，她立刻跑进店里背上身给傅遇和沈嚚看："怎么样怎么样？"

傅遇和沈嚚均点头："好看。"

店员微笑地打量着两个男孩，及时推广："我们这个包是男女同款哦，还有另外两个颜色，很适合男生背哦，你们要不要也试试？"

傅遇和沈嚚刚想拒绝，程肆已经高兴地替他们答应了下来："好呀好呀，太好了。"

店员立刻转身去拿包。

程肆兴奋道："就买这个包当生日礼物吧，顺便也可以把嚚宝的礼物提前送了。"

沈嚚瞬间无语，心说："您可真省劲。"

他才不要和傅遇一样的生日礼物呢，他傲娇地想。

傅遇倒没吭声，不过心里也已经做好拒绝这个和沈嚚相同的生日礼物的准备。

两个人应付地试了试，傅遇试了黑色，沈嚚试了蓝色。

服务员看着三人背着包的模样，一个劲地夸："真好看，真帅，特别适合你们。"

程肆高兴地道："买单。"

傅遇和沈嚚飞速拦住她取下包，异口同声跟服务员说："只买粉色。"

程肆无语："为什么？你们不要吗？"

傅遇含糊地嗯了一声说："再看看。"

沈嚚也点头。

两个人模棱两可的态度，让程肆犹豫了一下，有点怀疑自己的眼光："这包不好看吗？"

傅遇和沈嚚既没摇头，也没点头，只是一起默默把她推出了店里说："再看看。"

程肆："……"

不买倒没什么，但它好不好看却是重点，她的审美一向都被夸赞，她执意问两个人："真的不好看吗？"

两人笑了起来，沈嚚应付道："好看好看，你们先逛着，我去一下洗手间。"

程肆也没当回事，还在和傅遇纠结到底好看不好看。

他们连着逛了两三个店后，沈嚚回来了。

手里拎了三个袋子，一人递了一个。

程肆一看袋子，是刚刚那个包店的。

她乐了："你买啦？"

沈嚣嗯了一声。

"原来刚刚你不让我买，是为了自己送啊？你这人怎么这样，抢我的生日礼物。"

沈嚣振振有词："这个不是他不喜欢嘛，待会儿你再挑个他喜欢的。"

程肆扑哧一声："那人家生日，你送一个人家不喜欢的生日礼物干吗？"

沈嚣毫不在乎："有就不错了，还挑什么。"

傅遇含笑收下："谢谢。"

他本身想晚点把程肆喜欢的粉色买下送她，没想到被沈嚣抢先一步。

他们逛了一个下午，程肆特别满足，之前关风每次陪她和关若逛街，逛一个小时买完自己需要的东西，就找个游戏厅等她们。

傅遇和沈嚣都不是这样的，他们陪她逛了几次，都很有耐心。

最后在一家数码店，程肆看中一款拍立得。

她觉得这是最适合傅遇的礼物，他手机里那些细腻的风景照都是证明。

傅遇仍然不要，他长这么大，还没收过女生送的礼物。关键是，他不想让程肆破费，所以他说："我不需要这个，再看看吧。"

程肆假装不高兴地埋怨他："看了一个下午你都说不需要，沈嚣的礼物你都收了，却不让我送。那以后我生日你也不要送我礼物了。"

傅遇听了这个话，心里有一丝隐秘的快乐，对，以后他们还会一起过生日。

他怕程肆觉得他生分，赶紧说："那我要之前精品店那支笔吧。"

"什么笔?"程肆有些茫然,思考了两秒才想起来,是一支卡通白猫圆珠笔,当时她拿起看了看,傅遇说了句:"还挺可爱的。"

原来当时他说这句话是这个意思呀。

"……"程肆无语,"生日哪有送圆珠笔的。"

她直接一锤定音:"不管,就送拍立得了,你就当我送你这个是为了让你给我多拍照吧。"

理由既合理又坚定。

傅遇一听,知道她买意已决,也不推托了:"好。"

程肆开心地买下拍立得,第一件事就是让店员给他们三个拍了一张合照,拍完递给他,嘿嘿笑道:"生日快乐,不负相遇,给你留一张珍贵记忆。"

第十章

她想独立，而不是在别人家里像个惊慌失措的可怜虫

　　云轻最近的日子很不好过。

　　天冷之后，宠物店的生意几近萧条，她妈早就决定房租一到期，立刻关店。

　　宠物店是她爸留下的，她妈本身讨厌伺候那些猫猫狗狗，常常唠叨连人都养不活，还要供着猫狗。

　　只是因为以前她爸开宠物店确实能赚到钱，所以他走后，这个店也顺其自然地撑着。

　　但因为她妈实在不善经营，近几年生意越来越差，到现在几乎没有客人。

　　要不是之前宠物店的房东和爸爸认识，把这里以低价租给她们，还签约了好几年，她们早就交不起房租了。

现在终于到期。

她妈利落地跟她计划着后面的事："轻轻，店关了后，你就住学校去，我把我们租的那个小破房也退掉。我们娘俩利落地跟过去告别，以后都不围着这个小破店转了。"

她话外的意思没讲，但云轻听出来了，以后也不要再惦记爸爸了。

只是云轻没想到，家里在旁边租的那个小房子也要退掉，她迟疑地问她妈："那你住哪里？以后我毕业了住哪里？"

"你不用管我，我暂时先住我男朋友那里。"她妈已经打算好了一切，"以后你高中毕业说不定离开这里去上大学，到时候你去哪里妈妈也去哪里。再说了，大学也一样有学生宿舍，我们没必要再租一套房子，浪费钱。"

"那……我们在这里就没有家了吗？"云轻轻问。

她妈笑她："我们娘俩在一起就是家，房子只是一个遮风挡雨的窝。"

看着云轻凄惶的眼神，她妈想毕竟还是小孩子，还是慈爱地摸了摸云轻的头发，跟她保证："轻轻，你不用多想，你只管好好学习，妈妈不管怎样都会供你上大学，你想读多久妈妈都会供你。"

她和老公文化程度都不高，家里出了云轻一个会读书的孩子。

不管生活多么艰苦，对供云轻上大学这个事，她坚定不移。

"嗯。"云轻点了点头，想问她之后干什么工作，但最后还是把话吞了回去。

她妈基本没上过什么班，家里都靠她爸在跑。以前她爸在的时候，日子虽然不富裕，但也不会节衣缩食。但她爸走后，她们的日子越来越拮据。

她妈受不了她爸走后的冷清，很快也谈起了男朋友，时不时从她那些男朋友那里拿些钱贴补她们的生活。

她妈妈很努力地在养活着她，她作为女儿不该去戳她妈妈的痛处。

她也快成年了，也可以去找找赚钱的兼职。

她在宠物店收拾善后时，有人走进了店里。

"欢迎光临，随便看看，现在大处理，都是最低价。"云轻熟练地招呼着客人。

一抬眼却看到了王冕。

王冕笑着跟她打招呼："哟，好巧，云轻同学。"

云轻现在没心情应付他，勉强地笑了笑，不想搭理。

王冕在店里转了一圈，朝后面小储物间看了看，问她："你家的店啊？现在就你一个人在？"

云轻没有直接回他话，而是巧妙避开："你看看需要什么？"

王冕没在意她的冷淡，基本确定店里只有她一人了。

他慢悠悠地感慨："唉，现在生意不好做，这个店我之前来过，是你妈妈在开吧，她不开店了打算去干吗，她这个年龄应该不太好找工作吧？"

云轻瞪着王冕，虽然她一向都不会得罪同学，但对于没有界限的人，她不客气道："和你无关。"

王冕假模假样道："哎，你别生气啊，我其实就是想帮帮你。"

"谢谢，不必了。"云轻不相信他能帮她什么。

王冕加重语气："真的，不知道你对兼职有没有兴趣？"

云轻没说话。

王冕继续说道："给淘宝店当模特拍照，按时薪结算，每小时两百块。"

一听这个时薪，云轻有些心动，她之前不是没做过兼职，但没碰到时薪这么高的。

她冷着脸问："真的？"

"当然，你不信可以自己去问问，我也是偶然看到'城市生活'群发的信息，我发你。"

"好。"云轻脸色略微缓和。

王冕借机加了她的微信。

十一月以傅遇生日结尾。

十二月第一天，温倾铭就告诉程肆，余姨儿媳妇待产，余姨被家里催着回去照顾儿媳妇，带即将出生的孙辈。

余姨照顾程肆母女多年，也该回去和子女儿孙团聚了。

虽然有些舍不得，但程肆也理解。

温倾铭给余姨派了个大红包，程肆也给了她一个大红包。温倾铭的红包余姨接了，程肆的余姨有些不好意思要，推托："我怎么会收你的红包。"

程肆说这是妈妈一早给她准备的。

她这才有些怅然地收下，并跟程肆说，如果以后小孩长大了，儿子媳妇不再需要她了，到时程肆需要她她再回来。

程肆点头，依依不舍地和她做了告别。

余姨走后，温倾铭恰好有个大合作要去国外两个月。

本来因为程肆，他想推掉这个工作，但那天程肆听到他打电话后和他商量："舅舅，不如我住校一阵吧。"

温倾铭工作忙，两人时间常常错开，所以即便住在一起，也并不是每天都能见面。

之前程肆在学校餐厅吃过一阵，觉得口味还不错，她不想温倾铭为她耽误工作，住校的话温倾铭会放心一些。

温倾铭没住过校，他觉得住校犹如坐牢，太不自由了。

但程肆说："我现在对玩没有向往，住校和在家对我来说区别不大。"

温倾铭想想也是，外甥女现在乖巧听话得不得了，确实和以前已判若两人。

他有些犹豫："能行吗？"

"这有什么不行。"程肆说，"反正你随时跟老师打电话都能了解到我的情况，我在学校有什么事你也可以交给助理处理。两个月很快，我要是住得不习惯，等你回来了我可以再搬回来。"

温倾铭最后被程肆说服。

程肆把住校的消息告诉了傅遇和沈嚣。

傅遇问她为什么住校。

程肆说家里的阿姨回老家了，舅舅又要出差，她暂时不想和新的阿姨相处，所以家里没饭吃了，她住校比较便利。

沈嚣听到原因立刻大喊："你到我家吃饭啊，到我家啊，我家饭多。"

"……"程肆无语，"你家饭多我也不能天天去你家吃饭啊，那多奇怪。"

虽然他们关系不错，但她和沈嚣、傅遇，跟自己和关风、关若的关系还不太一样。现在这情况，要是关风、关若邀请她去他们家吃饭，那是理所当然。因为他们从小都这么干，在彼此家里跟在自己家差不多自在。

沈嚣不一样，即便沈妈妈也是一个很和善很温柔的人，但还是没熟悉到那种地步。

沈嚣不解："这有什么奇怪，我们楼上楼下，你还每天给我补习，我要跟我妈说我的补习小老师不收课时费，就每天管饭，我妈不知道多高兴。"

"对哦。"程肆假装惊喜地叫道，"我还有个你补习小老师的身份哦。"

"是啊。"沈嚣以为她想通了，高兴道，"来我家吧来我家吧，加双筷子的事。"

"来你个头啦。"程肆双手交叉做出一个打住的手势，"停，不准再唠叨。"

沈嚣张了张嘴，又委屈地闭上了。

程肆跟他们说："其实我也想尝试一下住宿生活，从小到大我还没住过宿舍呢。"

傅遇很了解她，她决定的事多说无益，所以他只是问她："什么时候搬？需要我们帮你搬东西吗？"

程肆挠头："我还不知道都需要带什么呢。"

这好办，傅遇喊了序薇，让她列个住宿清单给程肆。

序薇一听程肆要住宿舍，高兴坏了，拉住她的手说："太巧了，我宿舍本来空了两个床位，前几天云轻搬进来，恰好还剩一个，我立刻跟老师申请让你住过来。"

有序薇的帮助，事半功倍。

程肆很快整理好了必需品，搬到了宿舍。

沈嚣还有些怨念："那以后晚自习放学剩我一人了。"

程肆说："怎么是你一人呢，你和不负相遇一起啊。"

沈嚣傲娇道："我才不和他一起，我和他又没话说。"

程肆："……"

沈小朋友。

程肆第一次住校，什么都很新鲜。

江夏住宿环境很好，宿舍都是四人间，夏有空调，冬有暖气，每个人都有独立书桌和书柜。

四人间另外一个室友也是上次篮球赛时的其中一个队员，叫苏然，她和序薇关系要好。

程肆搬过去时只剩门口一个床位。

序薇怕程肆不爱睡门口，立刻体贴地跟她说，她的床位可以和程肆调换。

程肆说不用麻烦，她睡门口没事，而且她不一定住到底，中途要是家人回来，有可能还会回家住。

"啊？"序薇一脸遗憾，"那我们不是仅有短暂的同吃同住缘分？"

程肆被她逗笑："也不一定，也有可能住惯了没那么想搬回去了。"

以前上学放学路上，她都会在附近溜达一下。

小精品店她能进去逛一会儿，有时连那种不相关的店她也能兴致勃勃看半天。

回到家还会拼拼乐高，玩玩手办。

但住宿舍就没这些分神的事，分神的东西。

教室、图书馆、宿舍、餐厅，四点一线，完全没有更多的地方供她消遣。

以前晚自习结束，他们还会回傅爷爷店里再复习一阵。现在晚自习结束，程肆回到宿舍洗洗涮涮基本就躺了，因为熄灯有固定时间。

有时熄灯后没那么快睡着，宿舍也会开夜谈会。

序薇和苏然喜欢聊化妆聊明星八卦，而且聊起来明星之间的爱恨情仇也很带感情，一会儿为这一对明星情侣遗憾，一会儿痛骂那个女明星前夫。偶尔为了让她和云轻参与进来，还会聊一些趣事。

不过程肆和云轻都发言比较少，程肆是懒，不是必要的事话都懒得说的类型，而云轻说，她是沾床就睡的类型。

她办的是半走读半住宿，白天自由出入，仅仅晚上住宿舍。

因为她实在话少，所以即使大家一起住了一周，程肆多多少少了解了一些序薇和苏然的成长经历，却完全没听云轻提过自己。

序薇私下和程肆说，大家都知道云轻爸爸离世的那件事，所以也从不多问。

住校后，温倾铭总怕程肆吃不好，他助理经常会过来给程肆送零食送水果。

程肆就把这些都分给宿舍的大家。

云轻白天不在寝室，晚上收到后会跟程肆说："下次你不要给我留了，给她们就好了，我不爱吃零食和水果。"

但下次程肆还是会照例在她床上放些。

她总觉得云轻沾床就睡是累的，她们前后桌，之前即便不熟，也能留意到她精神不错，但现在，常看到她下课趴在桌子上睡觉。

她学习成绩不错。和郁树一样，之前考试次次能排进班里前十。

但元旦前的月考，她的成绩突然跌到了二十名开外，曲小强特意找了她谈话。

那天晚上回宿舍后，她看起来有些迷茫，默默地坐在床边没有说话。

序薇安慰她："没事儿，偶尔一次考得差罢了，别难过了。"

苏然说："成绩本来就跟心电图似的，跌跌涨涨，平常心。"

程肆问："你最近是不是太忙，分走了一些学习时间？"

云轻知道大家是关心她，所以她很快收起迷茫的神情，轻笑着承认："嗯，最近家里发生了点事，是有点忙，后面我会多努力些。"

说完她又俏皮一笑："放心吧，我没事，你们别担心我呀。"

程肆她们看她没事，也确实没把这件事放心上。

熄灯之后，听着室友轻声细语地聊天，云轻的思绪却飞到了校外。

上次王冕给她推的那个兼职，她去试镜，很顺利地被录用了，而且时薪确实是每小时两百。

对还是学生的她来说，这个时薪已是天价。

所以，她开始疯狂挤出时间来做兼职。

这家淘宝店店主桃子是一个二十岁女生，比她们大不了几岁，说初中读完就出来闯荡了。

现在线下开着几家小美甲店，线上还开着淘宝店，赚钱能力很强。

桃子看她需要钱，结账特别爽快，有时还多给她一点。

云轻近一个月来，仅仅做这个兼职，就赚了上班族白领一个月赚的。

但这也导致除了在课堂上，她没什么其他学习时间。

她以前把学习看得很重，也常听父母说学习可以改变命运。但现在摸着书包角那里放着一沓钱，她又觉得很安心，即使这次考试退步了十多名，她也觉得好像没那么重要了。

钱好像比成绩更让她安心。

她想起下午时，桃子神神秘秘跟她说，其实，还有别的可以赚更多钱的兼职可做。

云轻立刻讨好地跟桃子问："姐，什么兼职？"

桃子叹了口气："其实这种兼职也更简单，不过我觉得你这种优等生应该看不上。"

云轻连声说："不会不会，姐，你就告诉我吧。"

桃子掏出手机，给她看了一些照片问："你能接受拍这种照片吗？"

云轻立刻探过头，看到照片她沉默了下。

那是一些穿着二次元衣服的女孩，用尴尬的姿势摆拍的照片。

虽然她也接触二次元，也喜欢萝莉服，但是拍这种照片，她还是有些接受不了。

桃子看到她沉默就懂了，她立刻收起手机笑着说："我就说吧，你肯定不能接受。不过拍这种真的赚得多啊，根本不用像做模特一样不停换衣服，花半小时拍一套图就能卖到两三百，关键是可以卖给不同的人。"

云轻听到这个价格有些震动。

桃子知道她听进去了，以退为进："不过作为学生，你光当模特拍照赚的已足够你生活了，所以也没必要拍这些。"

云轻迟疑了一下又讷讷问道："拍这样的照片可以不露脸吧？"

"可以啊。"桃子说，"只要身材好、动作到位就有很多人买单，要不是你身材好，我也不会告诉你这个，有的人想拍还拍不了呢。"

元旦，学校放假三天。

对程肆来说，元旦就是正常节假日，春节才是真正的庆典。所以即便街上张灯结彩、热闹非凡，对她来说和普通周末并没什么两样。

沈嚣去探望爷爷奶奶了。

程肆和往常一样，和傅遇在店里写作业。

外面冷风肆虐，傅爷爷在门口边生了一个小炉子，炉子上放一些干果小零食和茶壶，热腾腾地烧着。烧热了，就端到他们面前投喂。

所以程肆和傅遇边写作业边吃东西，饱得都不怎么想吃饭了。

沈嚣以前一到爷爷奶奶家，就想赖着不走，虽然待在家里也没人管他，但他就是喜欢待在爷爷奶奶家玩游戏、懒人躺。

所以爷爷奶奶杀鱼杀鸡，准备好了假期三天给孙子的吃食。

结果，这次沈嚣住了一天，第二天就说要回去。

他跟爷爷奶奶说现在学业忙，要赶紧回去复习。

其实他也不理解，没人逼他复习，以前放假几天他玩几天，根本没有一天想拿起课本。但现在他跟中了蛊一样，迫不及待想回去和程肆一起学习，他纳闷，学习还能上瘾？

爷爷奶奶特别欣慰，虽然知道大孙子聪明，但是很少见到他这么用功。

沈天成曾经让沈爷爷劝沈嚣，说他为了和自己赌气，拿自己学业开玩笑。

理科名列前茅的成绩，却偏偏去读了文科。

而且他想把沈嚣送出国，毕竟沈嚣数学天赋出类拔萃。

他根本不想让儿子走一点弯路，不然他赚这些财富有何用。

但奈何沈嚣一身反骨，不但不听他的，还和他作对。

沈爷爷却把自己儿子骂了一顿，他说孙子从小乖顺，做出这些行为，都是被他这个爸爸气的。他让沈天成不要打扰孙子，让孙子自己选择。

和什么学业前途比起来，爷爷奶奶更在乎沈嚣的健康。

沈天成没想到，自己在外面风光无限，也是家里的经济支柱，但没人听他的。

所以有时经济地位也不决定家庭地位。

毕竟沈爷爷沈奶奶有自己的退休收入，对物质要求也不高，儿子愿意给是他孝顺，不给，他们也能自给自足。

所以才能硬气地给孙子撑腰。

湘城每逢重大节日，都有一个广大游客以及本地人民喜闻乐见的必备项目——放烟花。

城市新闻也一早报道了元旦的燃放时间——当晚八点。

程肆喜欢看烟花，所以早早就和傅遇、沈嚣约好了去看烟花。

楼下的湘江边，就是最近的烟花观赏地。

因为烟花燃放时会封路，加上人多，观赏位难得，所以许多摄影爱好者从中午就开始找绝佳位置，架起相机原地等待了。

程肆他们离得近，她一向也不喜欢提前太久等候，所以吃完饭，他们踩点出门。

路上已经人山人海。

傅遇和沈嚣依旧一左一右保护在程肆两旁，三人在涌动的人潮里缓慢溜达了一会儿。

烟花开始朵朵璀璨，在夜空绽放。

他们根本不用找特定欣赏位，原地站定，就可以毫无遮挡地观赏到这场绝佳盛宴。

烟花形态万千，有的像星星洒落天际，有的如同瀑布倾泻而下，每一次的盛放，都将天空照得亮如白昼，每一次的盛放，都伴随着人们此起彼伏的尖叫声。

好像不管平日里有多少烦恼，此刻看到这些光芒，都可以将它们抛掉。

傅遇看着程肆像一个小孩子一样，开心地和人群一起欢呼着，不由得心头一软。

沈嚣本来跟两人说了，他爸办公室就是最佳视野，落地窗外，烟花在中心飘荡，仿佛手可碰触。他想带他们到他爸的办公室看，但程肆说，在人群里观看，才有过节氛围。

而此刻看着程肆欢呼，他也学着她欢呼起来。

他突然觉得，好像是比以前在他爸办公室观赏时开心许多。

程肆仰头累了，低头缓了个神。

然后她看到前面那对小情侣交头接耳，女生指着前两排跟男朋友说："好恶心噢。"

因为烟花声巨大，加上旁边人声鼎沸，所以女生的声音比较大。

程肆隐约听到，顺着她手的方向望过去。

看到最前排的栏杆处，站着三个人，在演一出三人行的精彩戏码。

一个男子搂着女朋友的肩，看似将她护在怀里，浪漫地看着烟花，但他的手却伸在了女朋友旁边另一个女孩身上，还时不时摸着那个女孩的头发。

程肆："……"

傅遇和沈嚣也看到了。

正在他们看着觉得不舒服时，被摸头发的那个女孩侧过脸，厌恶地看了看男子。

她侧脸的那一瞬间，程肆惊呆了。

烟花明明灭灭的光影下，那张脸格外熟悉。

是云轻。

程肆立马再细看男子，发现男子年龄偏大，旁边女朋友看起来和他同龄，属于他们长辈的年龄。

"卧槽，这怎么回事？"程肆低声问傅遇和沈嚣。

傅遇看了一眼，恰好男子的女朋友也侧头和他笑着说话，傅遇说："那个好像是云轻的妈妈。"

以前学校开家长会的时候，他曾见过她。

"啊？"程肆大受震撼。

那男子是云轻妈妈的男朋友？

天呐，竟然被自己妈妈的男朋友骚扰，程肆一阵反胃。

她想起云轻也是突然转到宿舍住的，难道是因为这个恶心的龌龊男吗？

程肆看着傅遇和沈嚣："这怎么办？"

很明显，云轻很反感。

"什么怎么办。"沈嚣摁住她的肩膀，怕她一时冲动冲过去，"跟你无关。"

程肆："哪里无关，我们的同学正在被一个恶心男骚扰。"

傅遇说："你觉得这么复杂的关系，她愿意被我们看到吗？"

程肆沉默了。

本身美好的烟花观看秀，程肆突然变得有些心不在焉。

傅遇和沈嚣裹挟着她往别处走了走，换了个位置，眼不见为净。

即便这样，程肆依然心内震动巨大。

开学后回到学校，程肆看到云轻，对她的怜悯又加一层。

她无法接受与自己同龄的女孩陷入这种奇怪的欺辱里，所以她想了个办法，隔了几天，挑了一个网上的骚扰新闻，趁云轻下课在位置时，和沈嚣用她听得到的声音讨论。

不但拉上沈嚣，她还煞有其事地问李卯卯，有没有那种防骚扰的小武器可以随身携带，毕竟李卯卯他爸是警察。

李卯卯以为程肆要用，并没任何怀疑，毕竟美女遇到这样的情况比较多。

他详细地给程肆讲了几样，程肆念叨着："那我得去网购几个。"

沈嚣对她的做法有些啼笑皆非，但还是配合地应和着她。

程肆不知道最终云轻有没有买李卯卯说的那些小武器，但傅遇说她能做的只有这么多。

其实云轻把程肆的话听到了心里，也确实联想到自己的处境。她妈的男朋友对她骚扰过不止一次了，她妈近几年换的几个男朋友，一半都骚扰过她。

所以她很小心，从不会跟那些男子独处。

这缘于她初三第一次去她妈的一个男朋友家里吃饭，那个男的趁她妈去卫生间就摸了她的腰。这也是为什么，后来她再也没有去她妈任何一任男朋友家里。

这也是她为什么特别想赚钱。

她想独立，想不依赖妈妈，和妈妈有自己的房子，而不是在别人家里像个惊慌失措的可怜虫。

元旦之后，她接受了桃子跟她说的那个赚钱方式。

反正不必露脸，起码是安全的。

第一次拍摄，在桃子的店里，桃子让店内摄影师给她拍，她拒绝了。她借用店里的自拍杆自己拍，毕竟是这种羞耻的照片，她暂时还没在别人面前展露的胆量。

但拍完给桃子看，桃子说她拍的不行，动作不行，手机像素也不行。肯定得相机拍。

桃子说："摄影师是女生，你不用顾忌什么。"

云轻还是害羞，最后桃子索性告诉她："其实摄影师自己也有拍这种照片，而且她可以指导你摆一些动作。"

云轻震惊过后，缓慢消化了这件事。

最后她在摄影师的指导下，拍了第一套所谓的不露脸私房照。

然后交给桃子去帮她卖。

本身她还有些忐忑，但没过一周，桃子就给她转了一千块钱。

这一千块钱像定心丸一样，开启了她拍"私房照"之路。

她连着又拍了一些姿势，桃子说，同样的衣服客户会审美疲劳，她可以购置一些衣服。

桃子还给她看了其他女孩的图参考，她开始顺着研究。她研究后才知道，原来拍这种"私房照"也是一个行业，而且这个行业有自己的规则。

桃子说她这种是最不赚钱的做法，因为除了一开始的一千块是偶然有客人出高价，后面又收的五六百，才是一套照片赚的价格常态。

更赚钱的方法是给客户单独定制。

客户会对环境和服装提要求，当然价格也很高，然后那套图还可以再卖给其他人。

云轻快速获利后，已经忍受不住这样的诱惑了。

于是她立刻说，自己可以拍单独定制，让桃子给她找客户。

桃子看到她这么上道，说："果然是优等生，做什么事都快，理解快，行动快。"

云轻本想继续边做淘宝模特边拍"私房照"，桃子说："淘宝模特哪有你现在来钱快啊，你还是继续专心拍私房照吧。"

桃子很大方地把拍摄室和摄影师都借给她用，然后帮她代卖照片，但也跟她明说，她会像经纪人一样，赚取中间的中介费用。

云轻觉得完全没问题，有桃子这个中介，她也更安全一些。

元旦过后，春节的脚步仿佛加速了。

上次元旦前的月考，沈嚚又进步了五十名。

但程肆和傅遇调换了一下位置，傅遇重新回归第一，程肆第二。

她地理成绩一向拉胯，加上上次题难，她失分较多。

傅遇看了下她试卷上错题类型，针对性地给她补习了一阵地理。

沈嚚数学次次满分，毫无意外，所以偶尔傅遇和程肆也会向沈嚚请教数学，这个臭屁大王虽然总是得意扬扬，但讲起题来却很耐心，而且可以从这个题发散到另一个使用共同概念或公式的题，非常通透，知无不言言无不尽，跟要报答程肆和傅遇给他补习似的。

程肆问他期末考试能不能再进步五十名。

沈嚚已经开始摆烂："我已经到进步瓶颈期了。"

好背的他已经会了，剩一些难的，他实在听着就困。

比方说那些释义奇特的文言文，他不明白现在学文言文作用何在。

还有程肆拉胯的地理，有时他看着上面的题同样纳闷，觉得有些问题实属多余。

傅遇激他："忘了你的壮志豪言，不是要赶超我吗？"

沈嚚一挥手，干脆地回了俩字："忘了。"

丝毫不介意躺平认怂。

傅遇笑了笑，有些无奈。

程肆也不逼他，因为她知道沈嚚只是间歇性躺平。

只要她和傅遇学习，沈嚚依然还是会跟着学。

云轻这个月的收入是上个月的一倍。

她激动得不得了，全然不在意即将来临的期末考试，她的成绩可能会继续退步。

周末的时候，她像往常一样在桃子那里拍定制私房照。

现在她已经很熟练摆这些动作，拍摄得也更快了。

她拍完后桃子说，有个客人想邀请她吃饭。

云轻连连摆手，那肯定不行，她这露身体不露脸的，吃饭不是都暴露了吗？

桃子说，其实这个月之所以赚这么多，是因为大多数是这个客人私人定制的。这个客人实在很喜欢她，想跟她谈谈长期定制。

云轻说："你替我去就好了。"

桃子无奈道："我也想啊，但是我和你身形不同、发型不同，人家不认啊。人家说了，必须本人去，如果本人去谈，他可以考虑每个月定十套。"

之前客人定了三四套就够她高兴的了，云轻算了算十套的价格，有些心动。

桃子在一旁说:"你可以穿你的洛丽塔裙子啊,化妆戴假发,又不一定会认出你,我让他安排一个私密的餐厅。"

云轻咬了咬唇。

桃子继续说:"这个客人是我手上一个大客户,他要看中你的照片,你以后根本不愁钱。他以前可从没跟我要求过见别的女生,你是第一个哦。"

云轻最终被桃子说服了。

第二天,她像参加漫展时那样,化着比较浓的二次元妆,穿着洛丽塔裙,走进了一家餐厅的包厢。

在推开包厢门前,她又理了理头发安慰自己:"没事没事,他又不认识我,人海茫茫,出了这个门,谁知道谁是谁,只是吃顿饭而已。"

她昨天晚上算过了,如果这个客人每月能稳定定制十套,她做一年,赚取的钱是很可观的。

她紧张地吸了口气,又长长舒了口气。

然后,推开了餐厅包厢的门。

推开门看清包厢里的人的刹那,云轻脸白了。

她转身就想逃走,但包厢里那个人却似笑非笑地喊出她的名字:"云轻……"

云轻仿佛被钉在原地。

她不知道为什么化妆成这样,王冕还能认出来她。

她想不计后果地跑掉,但王冕下一刻说出的话却让她乖乖回到了包厢。

他说:"你最好乖乖回来,我有你露脸的私房照哦。"

云轻不知道真假，但保险起见，她只得乖乖听话。

在她走回包厢坐下的这几秒时间里，她心念转来转去，最后她想到了最坏的可能，桃子可能一开始就是王冕故意安排的，他们是一伙儿的。

她腿下一软，她希望自己想的是错的。

如果是这样，那她岂不是所有一切都在王冕掌握中。

但事情分毫不差，如她所想的朝最坏的方向奔去。

王冕给她看自己手机里，她那些露脸和不露脸的照片，她心死如灰。

最后她木然地问："所以这些，都是你设的圈套？"

王冕收起手机，虚情假意道："怎么会是圈套呢，我这也是帮你啊，我看到了自己喜欢的照片，你得到了需要的钱，这不是两全其美吗？"

云轻问他："你为什么这么做？"

"因为……喜欢你啊。"王冕说。

云轻抬起头，可笑地看着他："你说什么……这叫喜欢？"

"哈哈哈。"她不可抑制地笑出了声，简直是天大的笑话。

王冕却给她倒了杯饮料，慢吞吞道："是喜欢啊，我很喜欢你，但我知道我用正常的方式追你，你肯定不会和我在一起，所以我才用这种特殊方式。"

云轻轻瞥他一眼："你应该用这种方式威胁过很多人吧。"

王冕说："你是唯一一个。"

他一点都不遮拦地承认："以前我是喜欢占其他女生便宜，但不会花钱啊。你是第一个，也是唯一一个我花费心思想得到的女孩。"

"呵。"云轻嗤笑问他，"那我还应该感到荣幸了？"

王冕不说话，陶醉地看着猎物从一开始害怕，到现在想咬人的反应。

云轻冷脸问他："你到底想干什么？"

她不信王冕做了这么多，只是想得到她的照片。

王冕笑得油腻："想让你做我女朋友啊。"

云轻听到这话，恶心地坐立难安，但她现在已经冷静下来了，她不能激怒他。

所以她只是淡淡道："我不信，也不答应。"

王冕知道她并不会答应，说这话无非是想在开一扇窗前，先假装要开一扇门。

他肥硕的手指敲着桌子，意味不明地盯着云轻笑嘻嘻道："你现在不想做也没关系，我们可以先从朋友开始，这可以吗？"

云轻想知道他的真实目的，所以顺从地点了点头："好。"

王冕看她同意，继续往下说："既然是朋友，那我有些小麻烦，想请你帮个忙。"

云轻心下一凛，关键来了。

她点头："你说。"

王冕说："如果你能帮我，我当然也愿意帮你，你要觉得这些照片碍眼，我删掉就好了。"

云轻装得很纯真，眼含惊喜："真的？你真的会做到吗？"

王冕说："当然，我们是朋友嘛。"

"好，那你需要我做什么？"

"既然我删了你的私房照，那你能不能发我你室友的私房照？"

"室友？"云轻反应过来，"你说程肆？"

王冕没承认也没否认。

云轻心里骂了一句"无耻"，但表面却为难道："她又不缺钱，肯定不会拍这种照片。"

王冕笑了："又不是让她自己拍。"

云轻天真地发出疑问："你是让我偷拍？这样不好吧。"

王冕在手机上打了一串数字放她面前："朋友当然也不会亏待你，你发我的话，给你这个数。"

云轻看了看上面的数字，陷入了沉思。

图书在版编目（CIP）数据

偏爱. 2 / 夏七夕著. -- 长沙 ：湖南文艺出版社，2024.6

ISBN 978-7-5726-1853-6

Ⅰ. ①偏… Ⅱ. ①夏… Ⅲ. ①长篇小说—中国—当代 Ⅳ. ①I247.5

中国国家版本馆 CIP 数据核字（2024）第 096924 号

上架建议：畅销·青春文学

PIAN'AI. 2

偏爱. 2

著　　者：夏七夕
出 版 人：陈新文
责任编辑：匡杨乐
监　　制：邢越超
策划编辑：柚小皮
特约编辑：王珩瑾
营销支持：周　茜
版式设计：梁秋晨
封面设计：@装帧设计粉粉猫　有点态度设计工作室
封面插图：Gua 老师
插图绘制：夏　杪　肖美娜
内文排版：百朗文化
出　　版：湖南文艺出版社
　　　　　（长沙市雨花区东二环一段 508 号　邮编：410014）
网　　址：www.hnwy.net
印　　刷：北京中科印刷有限公司
经　　销：新华书店
开　　本：640 mm×915 mm　1/16
字　　数：177 千字
印　　张：14
版　　次：2024 年 6 月第 1 版
印　　次：2024 年 6 月第 1 次印刷
书　　号：ISBN 978-7-5726-1853-6
定　　价：49.80 元

若有质量问题，请致电质量监督电话：010-59096394
团购电话：010-59320018